重温红色经典　秉承先辈遗志

重温红色经典 秉承先辈遗志

红色经典文学丛书

找红军

鲁彦周 著

重温红色经典 秉承先辈遗志

民主与建设出版社
·北京·

ⓒ民主与建设出版社,2021

图书在版编目（ＣＩＰ）数据

找红军 / 鲁彦周著. -- 北京：民主与建设出版社，
2020.11
（红色经典文学丛书 / 吴迪诗主编）
ISBN 978-7-5139-3294-3

Ⅰ.①找… Ⅱ.①鲁… Ⅲ.①短篇小说—小说集—中
国—当代 Ⅳ.①I247.7

中国版本图书馆 CIP 数据核字（2020）第 213525 号

找红军
ZHAOHONGJUN

著　　者	鲁彦周	
责任编辑	王　维　郝　平	
封面设计	博佳传媒	
出版发行	民主与建设出版社有限责任公司	
电　　话	（010)59417747　59419778	
社　　址	北京市海淀区西三环中路 10 号望海楼 E 座 7 层	
邮　　编	100142	
印　　刷	湖北鄂南新华印刷包装股份有限公司	
版　　次	2021 年 5 月第 1 版	
印　　次	2021 年 5 月第 2 次印刷	
开　　本	710 毫米×1000 毫米　1/16	
印　　张	8	
字　　数	96 千字	
书　　号	ISBN 978-7-5139-3294-3	
定　　价	29.90 元	

注：如有印、装质量问题，请与出版社联系。

红色经典文学丛书

目录

红色经典文学丛书

找红军

一、我失去了妈妈

　　我和爸爸妈妈躲藏在莲花山的一个山洞里。每过一天，爸爸要我在洞角上添一粒石子，这天，已经丢到十一粒石子了。

　　我的爸爸是一个红军战士。红军主力转移的时候，爸爸因为腿上受了伤，没有跟上队伍。妈妈和我原来是跟着赤卫队转移的，在一次白匪搜山的时候，把我们和赤卫队冲散了。我和妈妈找不上赤卫队，就偷偷回到山下，找到一位老伯伯，他告诉妈妈，说爸爸在莲花山黄草洼的一个山洞里。这样，我和妈妈便到这里来找到了爸爸。自从白匪进攻苏区以来，将近三个月的时间，我们没有跟爸爸在一起；这回，我们一家总算又聚会在一起了。

　　那时，我只有九岁。

　　开头，我们在山上，倒不觉得怎样。阴历二月天气，太阳一出，照得草洼里暖和和的。我在一人多深的荒草里钻来钻去，用石片在地下挖些野菜、竹根，有时碰到松鼠，它转动着滴溜溜的小眼睛在树枝上看着我，我便躲到树后，学着松鼠叫，逗它。有时，山下的老伯伯悄悄走来，我这个临时担任警戒的小哨兵，便故意从草棵里一下蹦出来，喊一声："干啥的？"老伯伯吓了一跳，然后我一下蹿上去抱住他的脖子，他就连声喊："乖孩子，快带我去找你爸爸。"一面说，一面不让我下来，一直把我背到洞里。

　　可是，这几天情况却大变了。

　　那位老伯伯五六天没有来了，山下，不断传来枪声。白天我们从草洼里可以看到山下冒着一股一股的烟，顺着风还闻到刺鼻的焦味；晚上，这里是火光，那里是火光，夜深人静，还听到一阵阵哭声。爸爸每每看见这火光，总是牙齿咬得嘣嘣响，脸色铁青，一句话不说。妈妈就紧紧搂着我，把脸贴在我的头上，一动不动地望着山下，嘴里狠狠骂着："白狗子，总有一天要找你们算这笔账的！"

我们有两天没吃到东西了。烧饭的破瓷盆里漂着几片野菜，妈妈把几片野菜捞在破碗里，递给爸爸。爸爸接过碗，望着碗里的黑水发愣，停了半天，转向我说："小谷，你吃吧！"

我刚要伸手去接，猛地想起爸爸伤刚好，肚子更容易饿，就说："爸爸，我不饿！"

妈妈一把把我搂过去，在我脸上亲了一下，说："小谷，来，你该困觉了吧，躺在妈妈怀里睡。明天白狗子走了，我带你上姥姥家，姥姥家有花生糖、鸡蛋，给你一大碗鸡蛋下挂面。"

妈把我当三岁小孩子似的哄着，还从口袋里掏出一个古铜钱，说明天没事给我缝个毽子。我知道妈是哄我，可妈妈的手，那么轻轻地拍着，嘴里还哼着什么，一会儿，我果真忘记咕咕响的饿肚子，躺在妈的怀里睡着了。

我迷迷糊糊听见爸爸在和妈妈说："没得吃事小，和组织断了联系，那可……一定要找到党，找到红军。"后来，我又听见妈妈说："我明天下山看看去！"底下他们还在谈，可我已经睡着了。我做了很多梦：梦见红军叔叔又回来了，抱我坐在膝盖上，教我唱"八月桂花遍地开，鲜红旗帜飘呀飘起来……"，还梦见童子团的大哥哥们，带我在村口放哨，我们打到一只獐子，在河边升起火，烤得香喷喷的。这时来了我们的汪主席，还有许多大姐大婶和红军，我们一起吃着，唱着……

忽然我被一阵响声惊醒了，睁眼一看，妈妈在用草堵洞口，爸爸不知哪里去了。外面正刮着大风，呼呼呼，嚯嚯嚯，风直向洞口吹，全山都好像在晃动似的。

妈妈看我爬起来，便拿了她自己穿的一件破棉袄给我穿上，说："小谷，你去看看爸爸。"

我说:"爸爸哪去了?"

妈妈说:"他去挖草根去了。小谷,你找到爸爸把他拖回来,两人待在洞里别乱跑,我下山去去就来。"

我一听妈真要下山,忙拉着妈妈的手说:"妈,带我去吧!我真想家。"

妈说:"不行,你不能去。快去找爸爸吧。"

我知道妈的脾气,说不行就是不行,只得钻出洞来。谁知刚离开洞门几十步,就听见一阵淅淅声,我抬头一看,只见满山满谷都是白匪,躬着腰,端着枪,猫狼子似的向山上乱跑。我向草棵里一蹲,正想往回跑,忽然看见爸爸一拐一拐地向竹丛里钻去,白狗子叭叭打起枪来,他们狗一样地狂叫:"共产党,在那里,逮活的!"

爸爸被敌人发现了!我刹那间呆住了,不能让爸爸给敌人逮住呀!我再向前一看,爸爸不知钻到哪里去了,十几个白狗子把竹林围住乱打枪。我情急智生,抓起一块大石头,猛地向一个白狗子砸去,一面砸一面向东跑。敌人被砸得哇地叫了一声,喊:"在这里,在这里!"便顺着我的脚步声追下

来。我一头钻到一窝刺棵里，一动不动，只听敌人沙沙地从我身边跑过去。我待在刺棵里，也不知过了多久，紧紧地把妈妈的棉袄裹着，起先还听到枪声、人声，后来什么声音都没有了，只有风吹在树梢上呼呼叫。

一只小松鼠又瞪起眼看着我，可我哪里还有兴致去逗它呢！我悄悄拨开刺枝，向外伸头看了一下，没有人。我爬了起来，只见天上一堆堆的厚云乱翻乱滚，狂风把枯叶子吹得乱飞。望望山下，山下什么也看不见。我小心地向我们躲藏的洞口溜去，洞口挡风的草被揪翻了，我心里猛地一惊，再看洞里，破被被扯得稀烂，瓦罐砸破了，垫在洞里的草也被搅得乱七八糟，草上还有点点血迹……

妈妈！妈妈哪去了？我像一下掉进冰窟^{kū}里！我冲出洞外又哭又喊："妈妈！爸爸！"一面喊一面满山满洼地乱跑："妈妈！爸爸！"

风把我的声音刮断了，阻住我的嗓子，我还是嘶哑地喊："妈妈！爸爸！"回答我的只有风声和山谷里的回声。

也不知跑了多久，我被一根藤子绊倒，倒下就晕了过去。

二、做红军的儿子

天又黑了，我被雪花打醒了。雪夹着小冰雹，打得满山呼呼响。离我不远的地方，老豹子吼叫着。我又冷又饿。满山漆黑，也不知朝哪走。我用袖子拭拭鼻涕，想站站不起来，我把脸埋在胳肘上，心里一酸，眼泪直朝下滴。衣服上还有妈妈身上的香味，可是妈妈呢？爸爸也不知在哪？亲爱的红军叔叔们不知什么时候才回来教我唱那首"唱一个《国际歌》庆祝苏维埃！"的歌？

豹子的叫声越来越响，我又冻又怕，全身发抖，好不容易爬起来，扶着一棵小树，哪里去呢？再到洞里去看看，也许爸爸妈妈正在洞里等着我呢，要是找不见爸爸妈妈，我就向南走，红军不是朝南方开的么！

我摸索着向前走，走不多远，忽然看见两个绿阴阴发亮的东西，接着就像打雷一样，一声吼叫，一只花斑大豹子从我身边蹿了过去。我一下抱紧一棵松树，两腿直哆嗦，张开嘴一点声音都喊不出来，我被吓坏了！

"豹子豹子，我要找妈妈爸爸，你别吓我，你……"我躲在树后念叨着。过了好半天，什么声音也没有，满山飘雪花，豹子不知跑到哪儿去了。

我又放开胆子朝前跑，也不知打哪来了一股力气，一口气没停就跑到我们躲藏的洞口。看看洞，洞里漆黑一团，我的腿一下子又没劲了，我颤着嗓子喊："爸爸！妈妈！"

洞里只有一点嗡嗡的回音，我又喊了两遍，还是没有应声。我鼓足勇气走进洞去，顺着洞壁乱摸乱喊，头上碰了几个大疙瘩。要是妈妈一下子从石缝里走出来，喊一声"小谷，我的乖"把我紧紧抱在怀里，那该多好呀！可是石壁上只有湿淋淋的水珠。

我坐在草上，一动不动，平常妈妈和爸爸常常称赞我机灵，这回却变得像个木头人了，既不会动又不会想。我掏出妈妈给我的古铜钱，无意识地把它含在嘴里。

满山风雪呼啸。突然风声中我好像听见有人在喊："小谷！小谷！"起先我当是耳朵在和我开玩笑，我掏掏耳朵，喊声还是隐隐传来，而且越来越近了："小谷！小谷！"

"是爸爸！"我一下跳起来，跑出洞口。"小谷小谷"的声音就在我的头上，我一回头，只见一个黑影子从岩石上走下来。我拭拭眼再看看，爸爸！果然是爸爸！

"爸爸！"我一声狂喊。

爸爸一下跳下来，我一头冲到爸爸身边，紧紧抱着爸爸的腿。爸爸的手和腿直哆嗦，把我一把抱起来，喊了一声"孩子！"就再也没有话了。我的脸贴在他的脸上，只觉得他的脸热得烫人。

过了好一会儿，爸爸才把我放下来。我拉着他连声问："妈妈呢？妈妈哪去了？"

爸爸不吭声，我又急又怕，还是不住地问，爸爸突然把脚一跺："妈妈被敌人逮去了！"

被敌人逮去了！那么洞里草上的血就是妈妈的……我放开爸爸，拔腿就向山下跑，爸爸一急大声喊起来："小谷，你干什么？"

"我要妈妈，我去找他们要妈妈！"我一面喊一面跑，被爸爸一把抓回来，严厉地喝道："你向谁要妈妈？向这些土匪、反革命、白狗子、国民党要妈妈？别做梦了，血债只有血来还！"

妈妈，亲爱的妈妈！我忽然想起：有一天我和妈妈在路上，看见一位婶婶，光着上身，胸口上被刀砍了两个大洞，血咕嘟嘟地向外直冒，一个两三岁的小妹妹，躺在她妈妈的胳膊上，小头也被砸烂了……

我打了一个冷战，靠在爸爸的身上，爸爸摸着我，这回他的口气比较柔和了，说："孩子，这里不能待了，我们走吧！"

"到哪里去呢，爸爸，是不是去找红军？"

"对了，孩子！我们一定要找到红军！离开红军，爸爸就活不下去，妈妈的仇就没法报。革命没有红军就不得成功，穷人没有红军就翻不了身！"

"爸爸，那就快走吧！红军在哪儿？"

"总会找到的，孩子。记住这笔债。找到红军，我可以保举你在红军里当个小鬼，做红军的儿子！"

"爸爸，我一定听爸爸的话。"

我不哭了。我们谈着走着，冒着漫天的大雪，这讨厌的雪呀，二月天气还下这么大的雪。等我们走下莲花山时，头上、身上都堆满了雪，水顺着脖子直向脊背上流，爸爸和我嘴唇都冻乌了。

三、要恨

走了二三十里路，天快亮了。

一路上没有见到人家，也没有撞见白匪，有时看见成排的死人，身上盖着雪，乌黑的血凝成了冰。这些给白匪杀害的老乡们，有的还被吊在树上。一看到这可怕的景象，我总是吓得不敢朝前走，牵着爸爸的衣角，躲到他的身后。爸爸见我怕，说："小谷，怕什么，不要怕，要学会恨！"

我还是有点胆怯，爸爸就又问我："小谷，谁杀害了这些叔叔伯伯婶婶？"

"是白匪。"

"谁逮去你的妈妈？"

"是白匪！爸爸。"

"你恨不恨这些白匪？"

"恨死了！"

"恨，就不要怕。孩子，脱下帽子来。"

我望望爸爸，爸爸已经脱下了帽子，我也脱下了。爸爸把拿帽子的手垂下了，我也学着把手垂下。

爸爸说："小谷，我说什么你就跟着说什么。"

我点点头。

爸爸望着成排的死人，说："我们一定要找到红军！"

"我们一定要找到红军！"我学着说。

"要替老乡们报仇！"

"要替老乡们报仇！"

"我们要把养这些白匪害人的旧世界打烂！"

"我们要把养这些白匪害人的旧世界打烂！"

"现在，你还怕吗？"爸爸回过头来问。

我说："不怕啦！"

爸爸说："来，这里有张破席子，抬去把老乡盖上。"

我和爸爸把席子放在老乡身上。爸爸不说话，又向前走。我也默默地跟在他后面，一拐一拐地不叫自己掉队。

几天没吃到什么东西，加上天又冷，我脚手冻得像猫啃一样痛，脚板上像拴了千斤大铁锤，哪里拖得动！要是跟我同走的是妈妈，我早就要她歇会儿了，可是，现在是爸爸，爸爸的脾气我是知道的：闹革命以前，家里没有吃，土豪派人来要账，三句话没讲完，他就给那狗腿子照脸一拳；暴动时，他一人冲进土豪家，一根扁担打死了土豪的三个守卫；在家里，叔叔们都怕他，他不多话，一句就是一句，只有妈妈敢和他顶嘴。他当了红军以后，脾气好多了，可我还是怕他。再说爸爸也没吃东西，受伤的腿还没有完全复原，爸爸一心要找红军，我也是一心要找红军呀！

我们又走了一程，看见了一个二十多户的村庄。爸爸停下了，指指村前一间孤单的小房子说："小谷，这房子看样子是老乡家，我们到那里去借歇。天一亮就不能走，碰上白匪，我们爷儿俩要拼都没有法子拼。"

我巴不得爸爸说一声休息，现在要是能待在屋里烤烤火，吃点烧红薯，喝点米汤，那该多好呀！

爸爸领我走到那间房子跟前，突然用手把我一拦，轻轻地嘘了一声。我连忙向墙后一躲。只见爸爸轻手轻脚地伏在门上听。这时我在墙缝里，也看见屋里一盏小桐油灯，灯光照在墙上，看得见那里挂着一个盒子枪的匣子，枪不知在哪，只有一个空匣子。

"枪！"我刚要喊出声来，爸爸一把捂着我的嘴。他用手在我脸上晃了一晃说："别响！"

我紧张起来，瞪眼看着爸爸。爸爸搔搔头说："怎么回事，这里住着民团？"他把我拉到避风处，要我别动，他自己在房子边上转了一个圈，又走回来。他摸着下巴，想着什么，又向村上看了看。村子离这里不远，寂静无声。

"干掉他！"爸爸咬着牙自言自语地说，"太气人了！哼，这些狗养的，以为红军都走完了。"

他跑到我面前，说："小谷，你来！"他拉着我走到门口，说："小谷，你可想要枪？"

"枪！"

"对了。有一根枪，我们父子俩碰到白匪，就能跟他们干一下子。"他指指门旁一个用草塞住的洞，"这狗养的，门拴得死，托不开。你从这洞里钻进去，轻轻把门开开，敢不敢？"

我看看那个洞，洞很小，但我还能勉强钻进去，我说："爸爸，我敢。"

"那好，别弄出一点响声，把狗养的惊醒了。"爸爸说着，又教我怎么开闩，先要摸摸闩上有没有暗楔。嘱咐完了，他就蹲下来，轻轻把洞里的草掏出来。我站在旁边，心里直是扑腾扑腾地跳。我暗自拍拍胸口，给自己打气说："别怕，小谷，别怕，要恨。"

爸爸替我脱下了棉衣，我把头伸进洞里。原来这是两间房，里间点着灯，外间只有隐隐的光亮，一张桌上放着碗和酒杯。没等我细看，爸爸从后面推了我一把，我把身子向前一挤，就挤进去了。

我借着那隐隐的灯光，看见了门闩，闩和我差不多高。我来不及想也来不及怕，心里只有一个念头，快快开门，让爸爸进来收拾这个狗养的。

我向门上一靠，按爸爸教我的办法一摸，闩上果然有个暗楔。我轻轻把它拔下，把闩一托，不费事地把闩拔开了。爸爸大概伏在门上听，我把闩一拔，他就轻轻把门推开，吱呀一声，只听床上有人翻了一个身。就在这时候，爸爸一个箭步跳进房里。我只看见他身子一闪，一纵身就跳到床前，在枕头底下一摸，摸出一根盒子枪。他立即缩回手，用枪对着床上低声喝道："别动！"

床上，一个光溜溜的秃头，一下子从被子里冒了出来。

"宋秃子，原来是你！"爸爸突然把眼睛一睁，两只乌亮乌亮的眼珠好像要射出火来，顺手在灶上摸起把菜刀，照准这个秃头砍去。秃子连哎哟一声也来不及喊，就被砍倒了。

我一直躲在门旁，看着爸爸收拾这个敌人，心里真是高兴。我还是第一次看见爸有这么大的本事，以前我只听说过，可从来没看到过。

我们把门反扣上了，一口气跑了五六里路。虽然还是又饿又冷，可是，因为干了这件痛快事，走路也有劲儿了。

路上，爸爸告诉我，这宋秃子是反动民团里的一个小头目，平日无恶不作，杀害过不少老乡。这间小房子，原来是老乡的家，大概被他占了用来干那些无耻的勾当。今天正巧碰上了我们，我们不但得到了一根枪，还替老乡除了一个大害。

天亮时，我们躲在块大岩石下面。一坐下歇歇，我就睡着了。梦里，我又见着红军，还看见妈妈在给红军缝衣服呢！

四、离开老乡就要变瞎子

也不知过了多久，爸爸把我推醒了。我揉揉眼，只见爸爸从哪弄来了七八枝冬笋，放在火上烤着。外面，天又黑下来了，雪不下了，可是云彩还堆得很厚。

"小谷！快吃点，你看，又热又香又脆！"

我接过一根冬笋，放在嘴里一啃，可不，比板栗还好吃呢。爸爸一面吃一面说："孩子，我们还要上路呀！"

我点点头，爸爸又说："我们一定要找到可靠的老乡，离开老乡我们就会变成瞎子，没头苍蝇似的乱撞。"爸爸好像在跟我商议。虽然我不大懂得爸爸的话，可爸爸居然把我看成小大人了，我装模作样地点了点头。

天一黑，我们就出发了。地上上了冻，又硬又滑，走不上一里地，我就咕咚咚地摔了好几跤。爸爸弄来一把草，替我把鞋子扎上，走起来就好得多了。

谁知走不多远，就听见前面猛喝一声："干什么的？"

我和爸爸吃了一惊，只见雪光里闪着几个人，站在路口的一个窝棚前，端着枪向我们这边跑来。爸爸把我一拉，两人顺着一道斜坡一下滑到洼里。我头上被刺划破了，血流在脸上，冷风一吹，成了硬壳。我不敢喊疼，高一脚低一脚跟着爸爸跑。上面白匪还在哇哇地叫着，接着有几个跳下来了。

"哪里跑，我看见你了，快出来！"白匪哇哇直叫。

我和爸爸贴在石壁上，动也不动，原来他们是在瞎诈唬，根本没有看见我们。他们向北面跑去了。

从这里再向前，听爸爸说，只有两条路：刚才走的是小路，还有一条是大路。小路被封锁了，大路呢，不用说更不能走。

爸爸犯愁了！他一句话不说，从怀里掏出枪摆弄了一会儿，又揣起来，轻轻对我说："孩子，上山！"

"上山？"

爸爸不回答，拉起我的手就往山上爬。我们过了一个小山头，只见山坳里有七八户人家，住得很散，这里一家，那里一户。中间有一座大房子，引着灯。山头上有敌人在放哨。

"糟糕，这里也有敌人！"爸爸咬着牙说，"再上！"

"爸爸！"我哭丧着脸小声喊，一屁股坐了下来。不是我不想走，实在没法走了，两只脚肿得老厚老厚，用手一摸，像摸在树皮上一样，一点知觉都没有。爸爸端详着我的脚，看着我的脸，不说话，向离我们最近的一座屋子望着。这屋子没有灯，破烂不堪，院墙已经倒了半截。

爸爸抛下我，钻进竹林，不见了。过了好久，我忽然害怕起来，要是爸爸碰到白匪，可怎么办？我越想越怕，坐不住，把棉袄的长袖放下来，裹着手，顺着爸爸的脚印爬起来。

好容易爬到门前，只听见有位老奶奶在和爸爸说话。老奶奶哭着说："天哪，我总算又看到你们了！什么时候我们大队红军才能回来？可怜我儿子、媳妇，他们……"底下全变成了哭声。

爸爸在劝她："大娘，别难过。反动派活不长的。"

老奶奶说："怎么只你一个人呢？"

爸爸说："我受伤掉队了，老婆也给敌人抓去，生死不明，还有一个孩子跟着我。"

"孩子，孩子呢？天，这是什么世界啊！"

听到这里，我高兴了，爬到门口，轻轻喊："爸爸！爸爸！"

爸爸先是一愣，后来听出是我，连忙轻轻开了门。屋里点着松明，窗户洞都被塞得紧紧的，使外面看不见灯光。

老奶奶一见我，一把把我抱起，连声说："可怜的孩子，可怜的孩子，冻成这样。"

在老奶奶家里是不能待久的。老奶奶告诉爸爸，白匪把所有的道路都封锁了，还在村上搞起保甲，把老百姓编成一个什么变良队，天天杀人、搜山，关于红军、游击队、赤卫队的消息，老奶奶一点也不知道。

眼前要出去是困难了,出去没有线索,爸爸的伤口又发了。爸爸决定暂时不走,以免无谓牺牲。半夜,老奶奶给了我们一点干粮,给了一只咸獐子腿,还给了一个破盆当锅,一把剪子当刀,一个瓦盆当碗,同时又给了我们两捆稻草当被。靠着老奶奶的指点,我们隐藏到一个大茶林里去了。

五、大茶林里

这个茶林,又茂又密,一眼望不到边,上接山峰,下接田地,中间还有一片一片的竹林。隐藏在这里,倒是相当可靠、安全。

我们找到一块干燥的地方,铺上草,爸爸又弄来一些树枝,搭起一个小棚。等一切弄停当以后,天已经大亮了。

这鬼天气也真怪,我们一走路,它就刮风下雪;一蹲下,它又晴了。太

阳照在山顶上，白雪闪着光，棉花团似的白云在山头上飘呀飘的。一阵风吹来，松树林里还发出呜呜的响声。突然我从这呜呜的响声中听见一阵清脆的鸟叫声，我一听这声音就知道它是身带红色的相思鸟。

爸爸不知想起了什么，睡在草上轻轻说："春天到了，相思鸟先叫起来了！"

我摸着发肿的脚，脚火辣辣的，痒得钻心。一阵阵鸟叫，叫得我心里发酸，我捏着脚，望着爸爸说："爸爸，妈妈……"我一声妈妈没出口，就一头扎进草里，失声大哭起来："妈妈，妈妈！"我越哭越忍不住，声音越高。

爸爸被我这一哭，愣住了。等我哭了好一会儿，才听到他轻声喝道："别哭了，够了。"

我被爸爸一喝，止住了哭。抬起眼望望爸爸，爸爸脸色铁青，眼也红了。

相思鸟越叫越欢，爸爸拾起一块土砸过去，背着身向西望着。我知道爸爸也在想妈妈，但更重要的是在想红军！一刹那间，我望着他的背影，真

想劝劝他。爸爸这时转过身来，说："孩子，这不是听相思鸟叫的时候，起来，我们想法子找点吃的！"

这样，我们又回到黄草洼那一段的生活景况了。我们掘笋子，挖野菜，剥树皮……弄些杂七杂八的东西，放在破瓷盆里，撒上一点老奶奶给我们的干粮，就像妈妈平时给菜放盐一样，只撒那么一点点，就烧来吃。我们怕冒烟被敌人发觉，爸爸想出一个主意，他烧火，要我拿着破棉袄扇，把烟扇散，在茶林里面飘荡，等到它浮上去，已和雾混合在一起，再也分不清哪是烟哪是雾了。

过了十多天，我的脚好些了；爸爸的伤口，靠着泉水洗，太阳晒，没有化脓。可是就在第十二天的晚上，我和爸爸在睡梦里被火光照醒了，睁眼一看，山坳间的村子里风卷着火，火卷着烟，火舌几丈高。通红的火光里，烧红的草灰直冲云霄。

敌人又在放火了。我和爸爸气愤地看着，都想起了那位老奶奶。她给了我们干粮，给了我们用具，可现在，她的家是不是也烧了？老奶奶现在在哪里呢？

天刚亮，爸爸就把我喊醒了，摸摸我的头说："孩子！你可想替妈妈报仇？"

"这还用问，爸爸，我要是逮到白狗子，我就……"

"怎么才能替妈妈报仇呢？"

"找红军！"我答道。事实上爸爸和我这样的谈话，已不知谈过多少次了。今天爸爸又说，一定是要我去干什么，我就问："爸爸，你要我做什么事？"

爸爸垂下眼皮，轻轻说："孩子，到村里去探听一下消息，你看爸爸头发五六寸长，出去，一定会被人当作犯人，你……"

不等爸爸说完，我就跳起来说："爸爸，什么时候去？"

爸爸用手按着我的肩头说："别急！要是敌人把你逮住，你怎么办？"

"我跟他干！"

"不！"爸爸严厉地说，"你跟他干，你还吃不住人家一巴掌。"

"那……"

"抓到你就说是要饭的，来找姥姥的。要是他们逼问你，你也千万不要说出我在这里。"

"爸爸，我又不是傻瓜！"

"要是敌人带你走，你就跟着他们走，能钻空子跑就跑，跑不了，爸爸会想法把你弄出来的。"

"我知道！"我自负地说。

"你先去找老奶奶，问问可有红军的消息。老奶奶找不到，你就回来。放机灵些，尽量避开敌人，懂吗？"

我点点头。爸爸又嘱咐了我很多话，替我把鞋带扎好，把裤带系紧。我跨开步子跑了。

钻出茶林，翻了一个山头，就走近老奶奶的村子了。我揉揉眼，仔细看去，村外树又多又密，村里的情形怎么也看不真切，昨夜的大火，到底烧的是哪里，也弄不清。我心一横，想：白狗子能把我这小孩子怎么样，去！

我顺着小田埂钻过去，经过竹林，刺鼻的焦臭味一阵阵传来。看看老奶奶的房子，不像烧过的模样；再看看村子，村子里别的房子，可就成了一片灰烬，残留的墙上还冒着烟，一个人也没有。我胆子大起来了，直起腰向前走，走不几步，忽然从树后转出一个白匪，一抬枪，大声喊："干什么，小赤匪！"

糟了！要跑也跑不掉了，怎么办？这时我听见原来老奶奶住的房子里，人声乱哄哄的，大概里面住着白匪。我看着房子，大着胆子答道："我叫小毛，我是来找姥姥的！"

"什么？找姥姥！"这白匪哈哈笑着，"赤匪倒会骗人。"他走上前来，一把抓住了我，猛地一推："走！"

我看事情糟了，就往地上一坐，撒起赖来。我又哭又喊："姥姥！姥姥！你快来呀！"我尽量放大嗓子嚷，想叫老奶奶听见，她听见一定会出来给我解围的。

谁知老奶奶怎么也没有出来，倒来了许多白匪，围着我乱问怎么回事。逮我的白匪说："这小东西一定是赤匪的探子，装模作样，说是找姥姥。"这条狗一面说，一面就啪地打了我一巴掌，打得我退了几步，倒身跌在田里。

他又上来踢了我一脚："说！你这小赤匪，谁叫你来的？"

他一脚正踢中我的腰，我忍着钻心的痛，装作昏了过去。

只听见一个白匪说："让他滚蛋吧，这里根本没有赤匪了，哪来赤匪的探子。"

另一个白匪接着说："喂，小东西，你姥姥编到变良队去了，在大峰山，快滚蛋。"

我一听，知道难关过去了，连忙揉着眼坐起来，心里想："走吧，快点走，别引起他们疑心。"我刚想站起来，又想："这样回去怎么办？我和爸爸像瞎子一样，朝哪里闯，哪里才能找到红军？进屋子去，在匪窝里也许能听到些什么。"我赖着不走，哇哇大哭，边哭边说："我跑不动，我一天没有吃东西了，你们把我姥姥搞到哪儿去了，我要姥姥。"我爬起来就往屋里跑。

刚跑到门前，里面出来一个白匪，戴着眼镜，挂着盒子枪，看见我这么乱跑，踢了我一脚，骂道："哪来的小杂种？"旁边有个匪徒立正答道："这小家伙是这儿老婆子的外孙！"

"滚！"这狗军官又给了我一鞭子。要不是爸爸叮嘱，我就……可现在我只能向墙根下一躲，装出害怕的样子，蜷着腿，缩着头。还好，匪军官打了我一鞭，就转身吹起哨子来了。

"集合！"一声集合口令，屋里屋外的匪徒，都站到小场上。那个狗军官问道："大家都准备好了没有？"

"准备好了！"

"每人再检查一下。"匪军官背着手走到队伍面前，大概他看出了一个匪兵不合格，噼啪，两声清脆的耳光。匪军官边打边骂："谁叫你这么马虎！青松岭发现大批赤匪，我们要急行军一百四十里赶去，说不定去了就要打仗！你是想叫我挨团长的骂？每人再检查一下！"

"青松岭！"我心里跳了一下，他们要去青松岭打仗，说不定红军就在青松岭。快走，快快回去告诉爸爸。我趁他们不注意，钻进屋里，想从后门溜回山去。谁知后门锁着，周围是很高的院墙，怎么办呢？还好，墙边有一个草堆，我爬上草堆，攀上墙头，也顾不了怕不怕，眼一闭猛地跳了下去。下面是一条小沟,沟里全是鹅蛋石,落在上面,钻心地痛。我总算还没受伤,向沟边荒草里钻,把头埋了起来。

过了一会儿,只听见匪徒们乱嚷:"那个小家伙呢?"又过了一会儿,人声静了,我偷偷扒开草,听了听,一点动静也没有,匪徒们走了。

我从荒草堆里爬了出来,跑进屋里,想找点东西吃吃,谁知连一根骨头都没有。我又跑到房里,忽然看见床头上还放着半盒香烟、几块锅巴,我像见了宝贝似的,抓起锅巴就咬,咬了一口,我想起了爸爸,便咽了一口唾沫停下了。我揣起香烟和锅巴,跑回茶林里。当我把遇到的一切告诉爸爸的时候,爸爸把我的身子搂得那么紧。

我第一次看见爸爸这么疼我!

六、夜路

白匪军队虽然走了,可是地方上的民团、保甲长,这个大队、那个小队,杂七杂八的反革命爪牙还很多,爸爸满腮胡子,头发长得怕人,白天是不能走的。爸爸就决定,白天睡一觉,太阳一落山立刻起程。从这里到青松岭大路一百四十里,小路得走两百多里呢!

爸爸有这么个脾气,说到哪做到哪,起先他还翻了几回身子,不一会儿就呼呼睡着了。我呢,睁着圆溜溜的眼睛,越睡越不想睡,想到我们快要见到红军,想到红军要打过来救妈妈……越想精神越好。我就从草上爬起来,想搞点什么带给红军做礼物。

我放开了胆子,漫山遍野乱跑。一次我差不多捉住一只松鼠,又一次差点逮到一只小獐子,最后,我又看见一只兔子,这次我的手已经触到它的毛了,可是它一跳,一下就不见了。跑了半天,都是差一点,结果还是两手空空。直到回来时,才逮住两样东西:一粒红石头,一根自然长成拐杖样子的藤子。说逮住未免有点儿笑话,它们可是死的呀!

回来看见爸爸还睡着。爸爸要是知道我没睡,一定会骂我的,我赶快悄悄躺下，一躺下就睡着了。好像才睡了一会儿，爸爸就把我喊醒了，我睁眼一看，太阳离山头只有丈把高了。搞了一点野菜，撑了一下肚子，又喝了点汤，爸爸把东西一背就领着我上路了。

开头，我跟着爸爸走得很快，一夜走下来，就不行了。白天，我们躲在山洞里，天一黑又上路。我们空着肚子，虽说睡了一天，一站起眼睛都黑了，这回可不像第一天了，顶倒楣的是刚刚走完了山，就碰上劈头劈脸的大雨，这场雨呀，下得天昏地暗，天连地地连天，山、田、树、路，到处都是雨，这讨厌的雨呀！

我们走两步，就得停下拭拭脸上的雨水，全身冷得直哆嗦。前天吃的一点野菜，早不知跑到哪里去了，我们饿得发慌，腿也打起颤来。一脚踩下去，很深的泥浆，拔起脚来的时候，身子稍一不稳，就咕咚一声摔在地上。

我们这样走呀走呀，好容易又挨了三十里。前面碰到一条小河，山水轰轰向下滚，泛着泡沫，打着旋涡，站在河边说话也很难听见。爸爸用脚在边上试了试，说："孩子，水不深，蹚过去吧！来，我扶着你。"

爸爸扶着我，一步步向前蹚，我眼也不敢睁，只听见耳朵里直叫唤。走到中间，水势太猛，爸爸身子也虚，一歪斜两人一下栽到水里。我只觉得脑子一炸，幸好爸爸手脚快，一把抓住我的腿，把我倒提上岸。

过了河，爸爸把我放下，说："孩子，我们走吧！"他的话还没说完，我站立不住，一屁股坐在泥地里。

爸爸赶快拉着我，又说："这里到青松岭还有七十里，路上人家很少，我们要是一停，肚子格外饿，再走就更没法走，不给敌人逮去也得饿死。孩子，咬咬牙走！多走一步就多一分希望，起来……"

我听了爸爸的话，心里想说："爸爸，我一定走。"可是嘴里却说不出声音来，爸爸见我两片嘴唇乱动弹，以为我要哭，忙说："别哭，孬种才哭！你是好孩子。"说着，拉着我的胳膊。我就趁着他的手势站起来。谁知我的腿根本不听话，迈不动步子，爸爸向前一拉，我向后打了一个旋，两条腿并在一起，好像被捆住似的。爸爸看我这情形，急得眼里掉泪花，他抱着我向肩上一扛，就向前走。走了里把路，我听见爸爸沉重的喘气声，一下哭出声来：

"爸爸,你放下我吧,我的腿又能活动了。"

爸爸搀着我,迎着黑天大雨又慢慢地向前走。说走,这简直是说漂亮话,哪里是走呀,这是在一寸一寸地挨。爸爸不断跟我说:"撑下去,孩子,上青松岭,叫你干个小红军,狠狠打敌人。"

"给我枪吗?"

"当然给,给你一支小马枪。"

我们说着,走着,又挨到一个小山脚下。平地上靠着爸爸的拉力,还能勉强移动,一上坡,我的脚就比千斤还重了!我向地上一伏,爸爸也跟我一样伏在地上,两人用手代脚,爬了起来。我爬了两步,手被刺扎破了,一松手,又骨碌碌地滚回去,爸爸一看没有办法,只得把我驮在背上。爬呀爬的,快到顶了,爸爸轻轻说:"孩子,下来吧!爸……"

他一句话没说完,向地上一歪,晕过去了。爸爸一晕过去,我就从他的身上滚下来,这一滚不打紧,从山顶一直滚到山下,掉到沙沟里,一下昏了过去。

爸爸晕在山上,我昏在山下。也不知过了多久,我睁开眼看,天已经大亮了,雨已经停了,漫天大雾滚滚流动,五尺以外就很难见人。我不见了爸爸,也顾不得有人听见,就放声大哭起来:"爸爸!爸爸!你在哪里?爸爸……"

我这样哭着喊着,可是我不能移动,摸摸两腿,火烫火烫,肿得像小牛腿一样。

我喊了好一会儿,越喊声音越低,跟着我的声音,我听见一点声音,好像在喊:"小谷!小谷。"是耳朵在作怪,还真是爸爸在喊呢?

果然是爸爸!爸爸,这个健壮的汉子,现在已经变得没有人形了,额前披着长长的头发,脸上黑得像涂了锅灰,瘦得只剩下了一层皮!我抱着爸爸哭着说:"爸爸,你走吧!快去找红军!"

爸爸说:"好孩子,起来,你不想跟爸爸去找红军了吗?"爸爸说着还微微一笑。

我说:"爸爸,我想呀!"

"想,那就打起劲儿走呀!"

"我一步也不能动了,爸爸。"

"唉!……"

"爸爸,你去吧!找到红军,你来接我。"

"这……"

"你哪有力气驮我呀,爸爸,我俩都死在山上,还不如叫我一个人……"

爸爸听了我的话,很不高兴,说:"这点大的孩子,什么死呀死的,我们要活,活着干革命。"

爸爸试着叫我走,试了好几次,一点办法也没有。到后来爸爸也只得依从了我,把我放在一个石洞里,说:"孩子,爸爸一定能找到红军的。没有爸爸的声音,你别出来,千万别出来……"

爸爸走了!我靠在洞里看着爸爸一步一步地走去,渐渐地,爸爸的影子被雾遮住了。我轻轻喊了一声:"爸爸!"就歪倒在洞里。

七、"主席,我一定要做一个红军的好儿子!"

躺在洞里已经一天了。我闭着眼睛,只觉身子向上飘,飘呀飘的,好像就要飞起来了!

我一下飞到妈妈的怀里,妈妈说:"孩子,你好呀!"我说:"妈妈,我想你呀!"妈妈说:"别想我啦,孩子,长大了一心向着革命,就是妈的好孩子。"我说:"妈妈,怎么叫孩子不想妈……"忽然,来了许多恶鬼,把妈妈从我身边抢走。我看见妈妈被恶鬼扒开了衣服,用碗口粗的棍子打,打得妈妈嘴里直冒血,我一下跑过去,拿起一支小马枪,嘟嘟嘟把恶鬼一个个打死了!我又飞起来了,飞到了我们苏维埃主席面前,抱着他问:"主席!恶鬼为什么要杀我的妈妈呀?"

"因为你妈妈要革命!"

"主席,我往后该怎么办呢?"

"孩子!红军就是你的妈妈,红军会把你抚养长大,会把你教育成一个真正的红军儿子。红军要消灭白狗，叫全中国都是咱苏维埃，大家都过幸福日子。"

"主席！我一定听你的话！你带着我吧！"

主席抱着我，说："孩子，先看看你爸爸，他现在是连长了。"我说："不忙看爸爸，主席，将来的世界能看得见吗？"主席说："当然能看见，可幸福的世界不会飞来的，是要通过斗争。斗争！孩子，你懂吗？"我说："我懂，打倒土豪劣绅，打倒地主，打倒帝国主义，打倒反动派！"主席说："孩子，叫你说对啦，童子团教育不错……"

我们就这样飞着谈着，也不知过了多久，忽然听见有人轻轻地喊："孩子！你醒醒，孩子，你醒醒！"我睁眼一看，一个捎着枪的红军叔叔俯视着我，满脸大胡子，露出一张关切的慈爱的笑脸。我已睡在一间屋子里了。

"主席！"我喊起来，这就是我们的苏维埃汪主席呀，他带我飞呀飞的，怎么飞到这儿来了，为什么我现在又飞不动了呢？我的眼睛正滴溜溜地乱转着，汪主席拍手大笑起来："好了，好了！"

爸爸也让人搀着过来了，他激动地说："孩子你醒过来啦，我们找到红军啦！"

我明白了，我一把抱住汪主席。汪主席抱着我在屋里打了一个旋，笑道："这是我们红军的儿子！"

屋里几十位红军战士都笑起来了。他们一面笑一面唱：

八月桂花遍地开，

鲜红旗帜飘呀飘起来……

爸爸跟着唱，我也跟着唱，唱呀唱的，我又俯到汪主席的耳朵上说："主席，我一定要做一个红军的好儿子！"

从那以后，我就变成小红军，以后，又成了一个名副其实的红军战士。……

廖仲恺

第一章

1

黑沉沉的夏夜。

夜幕笼罩下的广州。一支部队悄悄地向市区前进。

石井兵工厂。

一间装了铁窗的房子,一个人被几个士兵抓住推了进来,给他加上了锁链。

远处隆隆的炮声响起。炮弹在观音山上爆炸,掀起冲天的浓烟。

字幕:1922 年,广州发生了一件中国近代史上很有名的事件,由孙中山先生一手扶持起来的粤军总司令陈炯明和北洋军阀勾结起来,在广州发动了叛乱。6 月 16 日,陈炯明拘留了孙中山的得力助手廖仲恺,两天后叛军炮轰总统府……

广州观音山上的总统府,火光冲天。

士兵们冲向总统府。

2

关押廖仲恺的牢房里。

摇曳的烛光。

借着烛光，我们这才看清了廖仲恺。

廖仲恺个子不高，甚至可以说比较矮小，清瘦的脸颊，上唇留了短短的胡须。猛一看，貌不惊人。可是他的眼睛却异常锐利明亮，他的整个神情举止也都给人以很有分量的感觉。他现在身上穿了件已经很脏的衬衫，裤子也破了。他戴着脚镣^{liào}，两手扶着装有铁条的窗子。

此刻，担忧、愤怒、震惊的情绪，使他万分激动。

窗外，黑黢^{qū}黢的院子里，一些士兵在奔跑着，谁也不来理睬廖仲恺。他们在喊：

"总统府攻下来了！"

"这一下孙大炮完蛋了！"

廖仲恺抓住铁窗的手颤抖了；

廖仲恺："难道孙先生真的会……啊！苦难的中华民族……"

3

奔流的珠江。

江岸上，人们向前奔跑着。

珠江上帝国主义军舰在游弋。

人们拥挤到街头，遥望着观音山上的烟火，有的在叹息，有的掩面啜泣。

攻击总统府的炮声继续响着。

4

大雨滂沱。

街上关门闭户，夜无行人。

暗淡的街灯。

5

灯光闪烁。这是一所豪华旅馆的舞厅，五光十色的小彩灯照在一对对曼舞的人身上。

这里有文雅的外国绅士，有长袍马褂和西装革履的高等华人，有武装整肃的粤军军官，有袒胸露肩的外国和中国女人。

在大厅侧面一间客室里，有三个人坐在那里轻声交谈着。他们是：粤军军官陈举、吴佩孚的代表王翰和一个自命不凡的外国通李文汉。

王翰，外表看来像个秀才，浑身上下，显得古气十足。他双手把一个信封恭敬地递给陈举。

王翰："这是吴佩孚大帅慰劳粤军的薄礼。此次陈炯明总司令毅然倒孙，火烧了总统府，抓了廖仲恺，广州军政大权已完全掌握在陈总司令的粤军手中。"说到这里，他举起杯，"孙中山嚷了多年的革命，经营了多年的粤军和广州，这次算是垮台了，来为陈总司令的胜利……哎，文汉兄，你怎么不举杯？"

李文汉微微一笑："现在为胜利而举杯未免为时过早。孙中山已脱身上了永丰舰,廖仲恺被拘,总司令还不敢下手。广州和全国民心仍向着孙中山和国民党……"

王翰哈哈大笑起来:"国民党?你、我,还有陈举兄,我们不都是国民党员吗?满清早已推翻,民国早已成立,国民党嘛!就由我们这些人来干了。"

李文汉摇头:"王先生,你们北洋政府里的人,吃亏就吃亏在对革命不了解。你们不了解孙中山,更不了解廖仲恺。这两个人,可不简单啊!他们不仅有革命的目标,而且善于随着潮流改变策略。如今,中国又有了一股新兴的政治力量——中国共产党……"

陈举把手一挥,打断了李文汉:"共产党?他们有几个人?那不过是几个秀才的纸上谈兵罢了。"

李文汉:"不,老兄!你是军人,你不懂得政治。今天,我看到了李大钊的一篇关于这次事变的谈话。他在这个谈话里给孙中山和国民党提了不少惊人的建议。假使孙中山真的采纳了这些建议,那么中国的前途,就……会发生很大的变化。所以我说,现在要以坚决手段,不要让孙文逃出广州,不要让廖仲恺再……"

陈举:"据我所知,总司令对廖仲恺决心已下!"

李文汉:"你是说总司令要杀……"

6

大雨继续下着。

雨中,一位四十来岁、面容端庄的妇女在雨中走着,她后面跟着一位十六七岁的少女。

这就是廖仲恺的夫人何香凝和她的女儿梦醒。

她们显然有什么急事,走得很急。

她们走进一所学校大门,很快又走了出来,这次后面又增加了一个少年——何香凝的儿子承志。

承志被妈妈拉着,疑疑惑惑地问:"妈妈,这个时候为什么要我们到香港去。"

何香凝："陈炯明可能要对你爸爸下毒手，我要为救你的爸爸去奔走，你们先到香港躲一躲。"

梦醒难过地："妈妈！我们走了，你一个人……"

何香凝压制住自己的感情："你们放心！妈妈拼死也要把你爸爸救出来！我要亲自去找陈炯明……"

两个孩子知道事情的严重性，都默默不语了。

他们的身影渐渐在雨中消失。

7

雨中的白云山。

山，被白茫茫的雨雾笼罩着。

透过雨丝，可以看到这里岗哨林立，戒备森严。

何香凝吃力地向山上走着，她可能因为摔了跤，不仅浑身水湿，而且衣服上都沾了许多泥浆。

她掠掠头发，向山上看了一眼，继续爬起山来。

前面传来士兵的吆喝声："干什么的？"

何香凝只抬手拭拭额上的雨水，理也不理那吆喝声。

两把刺刀突然伸出来，拦住了何香凝。

何香凝推开刺刀，厉声："我要去见你们的总司令陈炯明！"

两个士兵犹豫起来，他们认出了何香凝。

何香凝径自向前走去。

一个青年军官走了过来。

军官："前面是谁？谁让你们放行的？"

一士兵："是廖仲恺的夫人何香凝！我们……"

军官："何香凝？你们怎么认得她？"

一士兵："她不是多次慰劳过我们吗？我们听过她演讲。"

军官不管那两个士兵了，急忙追了上去。

军官跑到何香凝身边，他看见果然是何香凝，忙行了一个军礼。

军官："廖夫人！"

何香凝停步打量了一下这位军官："干什么？不让通行？"

军官立正站住："廖夫人，你要到哪里去？"

何香凝："我要去找陈炯明！"

军官："廖夫人！您还是不去为好，现在的总司令已经不是孙先生的人了。"

何香凝冷笑："我知道！"

军官："那你……"

何香凝打量了一下军官，反问："你认识廖仲恺吗？"

军官："认识。我们部队上上下下谁不认识廖仲恺，没有廖先生的支持，也就没有粤军的今天。"

何香凝点点头："你倒还没有忘旧，可你知道你们的总司令现在想杀害廖先生吧！"

军官惊愕："总司令要杀廖先生？"

何香凝："廖仲恺不仅是我的丈夫，中国革命还需要他，我不能眼看着他被杀害。我今天是以一死的决心来找陈炯明的。"

军官沉思片刻，把身子闪到一边。

军官低声："总司令正在开会，请廖夫人多多保重。"

何香凝看了军官一眼，顾不上再说什么，急急向山上走去。

8

白云山陈炯明的司令部客厅。

这里聚集了不少军官，显然正在开什么重要会议，桌上摆了酒瓶、糕点。

陈炯明身穿便服，五十岁左右，外貌颇为文雅。他正襟危坐，听一位军官说话。一个军官匆匆跑了进来，在他耳边低声嘀咕了一句什么，他猛地站了起来。

陈炯明："谁放她进来的？不要让她进来！"

何香凝的声音："是我自己闯进来的。"

何香凝的突然出现，不仅使陈炯明吃了一惊，在座的许多军官也都惊愕地站了起来。

浑身水湿、头发凌乱，但表情极其严峻的何香凝，冷笑着一直向着陈炯明这边走了过来。

一个军官拔出手枪，抢前一步企图拦住何香凝，何香凝视而不见，转身对全体军官。

何香凝："你们为什么这样看着我，不认识我何香凝吗？几个月前，我和廖仲恺先生亲手交给你们十几万薪饷，拨给你们大批武器弹药，你们当时是怎么欢迎我和廖仲恺的？"

她拨开向她伸出的手枪，对陈炯明："总司令为什么这么惊愕地看着我，十多年交往，今天竟然不认得了？"

军官们发出窃窃私语声，有一位军官把那举着手枪的军官一拉，低声："你要干什么，能这样对待廖夫人吗？"

陈炯明也只得装笑脸，拱拱手："廖夫人，你怎么冒着这么大的雨跑来了，快请坐，请坐。"

有几个军官也围上来。

"廖夫人，你浑身湿透了。"

"你先换换衣服，有话慢慢说。"

陈炯明乘势故作亲热："对对，你先去换件衣服，不要受凉！"

何香凝兀自不动："听说你要杀廖仲恺，还要杀我，我是送上门来的，衣服湿了有什么要紧，我还打算用血来湿呢！"

何香凝的话引起不少军官的震动，很显然，有不少人是不知道陈炯明有杀害廖仲恺的企图的。

他们惊讶地互相低声询问："有这样的事？"

"廖仲恺在我们困难时多次接济过我们，我们……"

陈炯明也觉察到在座的一些人的情绪，他忙赔上笑脸："廖夫人，你这是从哪里说起，我们怎么会杀害仲恺，我们交往也不是一天了，这次事变，我们也是……"

何香凝不客气地打断了陈炯明的话："你不要辩解了。我问你，仲恺有什么对你不起？民国九年，你们在漳州两年多，不是仲恺给你们筹的饷，你们就要困死在福建。他甚至做主，把孙中山先生在上海的房子抵押，帮你们渡过了难关，这些事你该不会忘记，在座的诸位谅也不会忘记，粤军是怎么才有今天的！"

何香凝用眼光扫视着全场，全场鸦雀无声，许多人都低下了头。陈炯明看了会场上军官们一眼，又笑嘻嘻地倒了一杯酒，递给何香凝。

陈炯明："廖夫人，先别动怒，喝点白兰地，驱驱寒。"

何香凝接过陈炯明递来的酒杯一饮而尽，她放下酒杯："你们到底打算拿仲恺怎么办？"

陈炯明沉吟不语。

何香凝："实话说吧，我今天来到白云山，就没打算回家，你把我砍成肉酱也不怕，仲恺是杀是放，你今天一定要回答我。"

会场上许多人都把眼睛望向陈炯明，那些眼光里所表露的是明显的同情。

陈炯明好像下了决心似的："廖夫人，我写个条子，把他送到白云山上来，还不行吗？"

一个军官乘机插话："廖夫人，总司令已经答应放廖先生了，你坐下说吧！"

何香凝决心斗争到底，她仍站在那里："要放，我就让他跟我回家，为什么要把他带到白云山来？你们还想捣什么鬼？"

陈炯明："廖夫人，你怎么这么信不过我？"

何香凝："要我相信，你就写个条子放他回家！"

何香凝见陈炯明仍在犹豫不决，决心再逼他几句："你既然答应放他，为什么又要犹豫呢？如今孙先生已被你们逼走了，离开广州了！在韶关的北伐军也离开了粤北，你们为什么还要死死扣住一个廖仲恺呢？"

陈炯明踱了几步，又向会场上看看，这才说了一句："好吧！"他提笔写了个条子，说："廖夫人，请你告诉仲恺，我陈炯明还是讲道义的！"

何香凝接过条子，仔细看了看，直到这时，她脸上才掠过一丝不易察觉的笑容。

9

关押廖仲恺的房门呀的一声被推开了。

廖仲恺在床上挣扎着转身向门口看着。

门口站着何香凝和一位军官。

廖仲恺颇感意外："香凝！"

何香凝望着廖仲恺，嘴角抖颤着，喊了声："仲恺！"扑了上去。

何香凝扑到廖仲恺身上，抚摸着廖仲恺的伤痕，忍不住眼泪扑簌簌掉下来。

廖仲恺抬起手，抚摸着何香凝的头发。

廖仲恺："你怎么来了？ 孙先生呢？"

何香凝："孙先生脱身了，庆龄夫人陪他上了永丰舰！"

廖仲恺："孙先生安全了，这就好了！"

何香凝立起身："陈炯明已经答应放你出去了！ 快点跟我走。"

她转身对站在门口的军官："请你打开他的铁镣吧！"

廖仲恺想问什么，何香凝用眼色止住他，那位军官向门口站岗的士兵吩咐了句什么，士兵走到廖仲恺面前，替他打开了脚镣。

何香凝搀扶着廖仲恺急忙走了出来。

10

何香凝扶着廖仲恺急急走着。

何香凝边走边告诉廖仲恺："我今天豁出命在白云山大闹了一场。"

廖仲恺怜爱而又赞赏地看看何香凝："他没有对你下毒手？"

何香凝："他何尝不想，可是他不敢。他的部下很多是同情我们的。"

廖仲恺想着什么："我们到哪里去呢！"

何香凝："我们必须立即离开广州，陈炯明虽然勉强释放了你，说不定他很快就会反悔。"

廖仲恺痛苦地："离开广州？从同盟会成立，黄花岗起义，我们为了想在广州取得一个立足点，多少同志在这里牺牲了，没有想到我们又一次这样离开！"

何香凝："别难过，我们一定会再回来的。"

廖仲恺没有回答，他望望雨中的黑沉沉的街道，严肃地思考着什么。

何香凝："我们就从这里到码头上去，船票我已经买了。"

廖仲恺："孩子们呢？"

何香凝："他们已到了香港！"

廖仲恺又回到自己的思索中，他和何香凝倚傍着向珠江边上走去。

11

远远地，一辆汽车向这边疾驶过来。

这辆车子也在江边停下了，下来了十多个粤军士兵，由一个军官领着，沿着江边跑过来。

他们显然在搜寻什么人。一位青年人注意到这种情形，向码头那边跑去。

12

傍晚。

码头。一群搬运工人坐在那里，有的坐在麻袋上，有的坐在栏杆上，他们都凝神地在听着。一个穿白衫黑裙的女学生正在演讲。

女学生："这次事变，是军阀、帝国主义的又一次勾结，出卖了革命政府；出卖了孙中山先生；也出卖了我们劳工。这次事变，对我们劳工是什么教训呢？……"

那个穿学生装的男青年匆匆跑了过来，拉了拉女学生。

男青年低声地："碧影！你停一下。"

一位老工人看见他，忙问："什么事？"

男青年回头："啊，爸爸！廖仲恺和何香凝要在这里乘船。陈炯明的士兵在追，你让大家掩护一下。"

老工人向前面望去。

廖仲恺和何香凝已经走近，陈炯明的士兵也迅速跑了过来。

碧影朝一个工人耳语，老工人朝大伙做了个手势，工人们一跃而起。

13

穿学生装的男青年跑到廖仲恺和何香凝面前，微微鞠躬："廖先生，廖夫人，请这边走。"

廖仲恺和何香凝都有点诧异："你是……"

男青年："我叫郑剑。你看，陈炯明派人追你们来了。"

廖仲恺和何香凝这才注意到追来的士兵。

郑剑:"你们不能上轮船了。前面有只小船,可以送你们出珠江口。"

何香凝:"那太好了。"

郑剑扶住廖仲恺,匆匆上了跳板。

那边,工人们在碧影和郑剑父亲的指挥下,推着车,扛着包,把通向码头的路全部堵住了。

陈炯明的士兵哇哇大叫:"让开,让开!"工人们用号子回答,根本不理睬他们。那个领队的军官急得大骂,掏出了手枪。

14

廖仲恺和何香凝已经坐进小船,他和何香凝都朝岸上望着。

工人和士兵争吵起来,士兵们在那军官指挥下,端起了枪,可是工人们

毫不畏缩,仍然严严实实把路堵住,使那些士兵前进不得。

廖仲恺感动地望着这动人的一幕。

廖仲恺低声对何香凝:"没有想到困难时刻帮助我们的还是学生和劳工!"何香凝点头,两人向岸上望着。

船,悄悄出发了。

江水向前奔流。

15

茫茫的江水。

小船靠近了一只大船。

廖仲恺和何香凝站在小船船头向郑剑告别。

廖仲恺握着郑剑的手:"谢谢你!"

郑剑:"这是我应尽的责任。"

廖仲恺:"你和劳工关系好像很不错?"

郑剑:"我觉得他们才是我们未来的希望。"

廖仲恺大感兴趣地:"你这个想法很好。"转对何香凝,"他倒是说到问题的要害了,我们工作的弱点也就在这里。"

何香凝同意地点点头:"孙先生最近也经常讲到这个问题。"

廖仲恺又对郑剑:"你是国民党员吗?"

郑剑摇头:"不是,目前我也不想加入。"

廖仲恺:"为什么?"

郑剑:"廖先生,恕我直言,现在的国民党,太杂了,官僚、政客,甚至连那些拥兵自重的军阀,都成了国民党员,我不想和这些人为伍。"

廖仲恺并没有生气,他拍了一下郑剑:"你说得很有志气,很好!假使我能够再回广州,一定找你。"

郑剑天真地笑了:"廖先生,我相信你一定能再回到广州。"

廖仲恺高兴了:"一定能回来,再见!请你向你的那位女朋友和劳工兄弟们问好。"

他紧紧握了一下郑剑的手,转身朝一条客船的舷梯^{xián}走去。

船上,鸣起了汽笛。

廖仲恺和何香凝并立在大船的甲板上,眺望着远方。

大船破浪前进,海鸥在蓝空盘旋……

第 二 章

16

1922年秋天的上海外滩。海关大钟发出洪亮的声音。黄浦江上,轮船汽笛此起彼伏地响着。

一艘从香港驶来的客轮缓缓驶了过来。

轮船甲板上,站着廖仲恺和何香凝。廖仲恺穿了套西装,显得神采奕奕,何香凝和他站在一起。江上的风,吹动着他们的衣衫,他们不无激动地望着上海的景物。

廖仲恺点点头,他望见了什么,高兴地指指岸上一群人对何香凝:"那边好像是展堂他们!"

何香凝也望着:"是他们!一定是孙先生和夫人让他们来接我们的。"

17

岸上,一位文雅的戴眼镜的中年人,穿了件绸质长衫,手里拿着手杖。他并没有望着越来越近的船,而是正微微俯首,听身边的人在向他讲话。

这个戴眼镜的中年人是胡汉民,站在他身边诉说着什么的是林直勉。另外还有一些记者和来历不明的人站在那里,低声叽咕着一些什么。

林直勉对胡汉民:"你一定要劝劝仲恺,让他跟我们在一起。"

胡汉民微笑不语,他有一副莫测高深的神态。

一个记者钻了过来:"胡汉民先生,你们国民党要人,云集上海,廖仲恺先生也脱险抵沪,你们是不是有什么重大行动?"

胡汉民同样以一笑作为回答。

记者："听说你们和苏俄和共产党有了接触,这是真的?"

胡汉民板起面孔:"没有的事。"

记者还想打听什么,又一声汽笛响了,轮船靠岸了。人们拥挤着去迎接客人去了。

18

廖仲恺和何香凝一下船,就被群众包围起来。

廖仲恺排开众人,一直走到胡汉民面前。他和胡汉民热情地紧紧握手,两人都很激动。

胡汉民:"仲恺,你瘦多了! 孙先生和我们一直挂念着你。"

廖仲恺:"谢谢你们,总算又见到你们了。"

林直勉也和廖仲恺握手。

廖仲恺:"直勉何时来上海的?"

林直勉:"孙先生到上海,我们都来了,我们住在一起。"

廖仲恺:"精卫呢? 他们和你们住在一块?"

林直勉:"他有时住旅馆,有时住在孙先生那里。今天他有点事没能来,让我向你致歉。"

这边,胡汉民和何香凝寒暄。

胡汉民:"听说仲恺兄脱险多亏了你。孙先生常对我们说,中国妇女界多有几个何香凝,革命就更有希望了。"

何香凝:"我有什么? 胆子大些罢了。"

胡汉民:"难得的就是胆大啊!"

几个记者也挤到前面来,包围了廖仲恺。

记者甲:"廖仲恺先生,能否请你谈谈你对中国现状的看法?"

廖仲恺:"中国打倒了皇帝,可又生出许许多多小皇帝。这些小皇帝听命于外国主子,联成一气欺压民众,这就是中国的现状。"

记者乙:"精辟!"

记者丙：“那么国民党呢？这次陈炯明倒戈，是否标志着国民党的一蹶^{jué}不振？”

廖仲恺瞥了这个记者一眼：“这是你的希望吗？”

记者丙：“这……”

廖仲恺严肃地：“请你记住孙先生最近发表的讲话：一息尚存，此志不懈。”

廖仲恺摆脱了记者，拉着胡汉民和林直勉走近汽车。

19

一所中等中式旅馆里。

胡汉民、林直勉陪同廖仲恺夫妇走了进来。

他们走进一间设备简朴的房间里。

胡汉民抱歉地对何香凝：“我知道你不喜欢住大旅馆，所以找了这个地方，设备差一些……”

何香凝笑起来：“难道我们是为住大旅馆才到上海来的？这就很好了嘛！你们坐吧！我进去换换衣服。”

何香凝走进套房里面去了。

20

胡汉民、林直勉和廖仲恺坐在旅馆房间内。

胡汉民一面吸着烟，一面忧心忡忡地：“仲恺，我正忧虑一件事。”

廖仲恺：“啊！”

胡汉民慢条斯理地：“你我从在东京的寓所里加入同盟会以来，追随孙先生也快二十年了，我自问对孙先生是始终不渝的。”

廖仲恺有点诧异：“你为什么说这样的话？”

胡汉民端起带盖子的茶杯，他似乎在考虑措辞。

林直勉替胡汉民说了出来：“你不知道！自广州事件之后，孙先生大大地变了！”

廖仲恺回头望着林直勉，等待他说下去。

林直勉："先生变得越来越固执了,对我们的善言忠告,一句也听不进去。"

廖仲恺："是哪方面的事呢?"

林直勉："孙先生这次一到上海,就被人包围了,有人想利用孙先生。"

廖仲恺："谁?"

林直勉压低嗓子:"苏俄,共产党!"

廖仲恺："苏俄?"

林直勉："通过李大钊,列宁派了一个人来。李大钊现在经常和孙先生接触,我怀疑他是在向先生灌输他的共产主义。"

廖仲恺深思般地:"李大钊先生有过什么建议吗?"

胡汉民讥讽地:"他建议孙先生和苏俄代表接触,建议孙先生了解列宁的革命并和中共联合,我认为这是危险的事情。"

廖仲恺："为什么呢?"

胡汉民："因为那样我们就会在国内外孤立,就会受到英美各国的反对。"

廖仲恺："我记得去年列宁派过一位使者到桂林,和孙先生谈得很好。我还记得,苏俄革命成功后,先生就打电报表示祝贺,当时列宁曾激动地说过,东方的曙光来了! 这些事我们都知道。为什么现在你们把这个问题看得这么严重呢?"

胡汉民摇头:"那时不过是礼节性的来往,那时国内也没有共产党。现在情况变了。"

林直勉："孙先生说要等你来商议,我们认为你的话孙先生是肯听的,你可以劝劝孙先生停止这种接触,免得人心动荡。"

廖仲恺："那么你们的主张呢?"

林直勉："现在形势很有利,北方有几位军人要和我们联络,南边呢,滇桂军人刘振寰、杨希闵也同意讨伐陈炯明,我们完全可以联络各方扭转局势,没有必要依靠苏俄……"

廖仲恺没有吱声。

胡汉民试探地:"仲恺,对这件事你有什么意见?"

廖仲恺真诚地:"你不要催我,请容许我了解一下,思索一下,这可不是件小事情。"

林直勉："正因为不是一件小事，所以才寄希望于你啊！"

胡汉民掏出一块怀表看了看："这样吧！你们一路辛苦，先休息一下，改日我们再谈吧！"

胡汉民和林直勉立起身来！

21

何香凝和廖仲恺也匆匆离开了旅馆。何香凝现在换了件深蓝色旗袍，头发也梳得很整齐。

廖仲恺一面走路，一面仍在沉思。

何香凝："你还在想展堂他们的话？"

廖仲恺："是啊！他们的话，引起我不少感想！"

何香凝："他们的话你同意？"

廖仲恺摇头："不！我倒是从他们话的反面，想到了一个问题。目前，国民革命正处在一个严重关头，而我们的党呢，腐朽的已经腐朽了，幼稚的又是如此幼稚，找不出一个使党新生的办法，革命就不可能有出路。"

何香凝笑笑："你难道没想到，从展堂的话里，不正是证明孙先生已经有了使国民党新生的主张！"

廖仲恺回头看看何香凝，高兴地笑了："到底是夫人的脑子快！"

何香凝也笑了："我们还是快点到孙先生那里去吧！"

22

孙中山寓所。这是一幢朴素的花园小洋房，园里绿草如茵，收拾得很整齐。

廖仲恺和何香凝由一位娘姨陪着走进客厅。

廖仲恺打量一下客厅，眼光落在孙中山先生和夫人宋庆龄的照片上。

娘姨："先生和夫人出去了。他关照过，请你们在这儿等他一下。"

何香凝："不要紧，你忙吧！"

娘姨："你们还没吃饭吧？我去给你们弄饭去。"

何香凝："我来帮你。"

娘姨笑起来："你？……"

何香凝："你不相信我会做饭？先生可是最喜欢吃我做的菜。"

何香凝立刻像在自己家里一样，卷起衣袖跟娘姨一道进厨房去了。

廖仲恺在客厅书架上翻起杂志来。

一本《新青年》杂志引起他的注意。

23

廖仲恺坐在沙发上看《新青年》。

客厅的门忽然开了，走进一位戴眼镜的中年人。

来人个子不高，微胖，脸上有一种使人感到很亲切的微笑。

廖仲恺抬头看见了进来的人，他站了起来。

来人微笑着向廖仲恺："仲恺先生吧？"

廖仲恺："你是？……"

来人："我叫李大钊。"

廖仲恺惊异地："啊，李大钊先生。"

廖仲恺和李大钊紧紧握手。

廖仲恺："见到你很高兴。"

李大钊亲切地拉着廖仲恺："我也很想早一天见到你。关于你，孙先生跟我谈得很多。孙先生开会去了。他知道你来了。他说你的性子急，不会在旅馆里多停留的，果然如此。"

李大钊笑了，廖仲恺也笑了。很显然，片刻之间，两人的拘束隔阂(hé)解除了。

廖仲恺开门见山地："守常兄，我们到院子里走走吧，我很想听听你对中国革命前途的看法。"

李大钊："好！我也正想向你请教。"

廖仲恺和李大钊携手走出客厅。

24

李大钊和廖仲恺在园子边缘树荫下走着。

李大钊:"现在列强当中,有哪一个愿意帮助中国革命?他们要扶植的是袁世凯,是曹锟(kūn),是吴佩孚。帝国主义希望中国就这样混乱下去,这一点,你比我有更深切的感受。"

廖仲恺:"对啊!帝国主义不仅希望中国纷争混乱,他们还要在中国扶植他们的傀儡(kuǐ lěi)。我刚下船,就有人告诉我,说你在包围孙先生。"

李大钊笑笑:"孙先生是容易被包围的人吗?"

廖仲恺也笑了:"当然不是这样!"

李大钊:"仲恺兄,在适当的时候,你能不能和苏俄代表见见面?"

廖仲恺:"这要请示孙先生。"

李大钊:"你知道孙先生本人对国民党现状的看法吗?"

廖仲恺:"你是说近来吗?"

李大钊:"陈炯明的叛变,对孙先生说来是最痛心的。他最近告诉我,种种事实说明,若要革命成功,必须使国民党获得新生。"

廖仲恺边听边思索李大钊的话,同时低头望着那绿油油的草地,他弯下腰用手拨弄了一下那嫩绿的叶子,抬脸向李大钊:"孙先生对本党的看法是透彻的,我相信他一定对这个问题已经有了新的看法。"

李大钊:"这几天我和他正在讨论这个问题,孙先生已经有了新的方略。"

廖仲恺:"啊?"

廖仲恺和李大钊靠近了,他俩向那生机勃勃的绿树丛中走去。

25

碧蓝的天空。金色的云。

阳光照在莫利哀路上。

靠近孙中山的寓所的人行道树下,一个人鬼头鬼脑地不时向路上和孙中山寓所门口睃(suō)着。

马路口响起了手杖和皮鞋着地的声音。

立在树下的这个人顿时紧张起来,装作散步的样子向路口望着。

26

孙中山和夫人从路口快步走过来。孙中山已是五十多岁的人了,但步履矫健,面带微笑,没有半点老态。孙夫人年近三十,风姿天然。

孙中山一眼就看见了那个监视的暗探,他讥嘲地对夫人:"这次到上海,和以前不一样了! 你看,工部局派人来'保护'我这个非常大总统了。"

孙夫人嫣然一笑。

孙中山回转身来,看了看表:"啊! 仲恺他们一定在等我了。"

孙夫人点点头,他们加快步伐,向自己的寓所走去。

27

孙中山推开门,扔掉头上的帽子,大声喊:"仲恺来了吗?"

何香凝围着围裙从厨房里走出来。

孙中山和夫人看见何香凝,都很激动。何香凝也激动得眼里闪着泪花。

何香凝:"先生! 夫人!"

孙夫人和何香凝紧紧拥抱着。

孙中山高兴地搓了搓手:"啊! 巴桑,我算定你们已经在等我了。"

何香凝:"我和仲恺都恨不得长翅飞到先生身边。"

孙中山:"仲恺脱险了,来了,太好了! 怎么,巴桑,又要为我们做饭?"

何香凝:"你们好久没吃过我做的饭菜了。再说,我们自己也饿了。"

孙中山:"好,好! 尽管我吃过了,我也还要吃一点。真的,看到你这打扮,就使我想起在东京的日子。哎! 仲恺呢?"

何香凝:"他刚刚还在这儿看书,哪儿去了?"

孙中山笑呵呵地:"对了,怕是和李守常在院子里。"

孙中山说着就向花园走去,一面大声喊着:"仲恺! 仲恺!"

28

廖仲恺和李大钊正坐在树下的石凳上,听见喊声,两人迅速站了起来。

廖仲恺向孙中山身边跑过去。

廖仲恺:"啊! 先生!"

孙中山和廖仲恺紧紧拉着手。

孙中山无限关切地:"辛苦了! 你总算来了。"

廖仲恺:"先生身体还好?"

孙中山:"好,很好! 你呢? 让我仔细看看! 啊! 这是什么? 陈炯明给你留下的?"

孙中山抚摸了一下廖仲恺胳膊上的伤痕。

廖仲恺:"陈炯明虽然给留下了一点纪念,可倒使我想起很多事情,使我有机会反省了一下过去的看法。"

孙中山:"是这样! 确实是这样啊! 怎么,你和守常已经谈了很久了?"

廖仲恺:"我们谈得很好。"

孙中山:"我估计你们会是这样的! 他是共产党,可他也已经决定加入国民党了。"

廖仲恺"啊"了一声,望望李大钊。

李大钊温厚地微笑着。

孙中山:"我本人介绍的。国民党要新生,必须增添新的血液。就从李大钊开始。来,我们吃饭去,饭后我要跟你仔细谈一谈。"

孙中山挥了挥手,李大钊和廖仲恺跟着孙中山往房里走去。

29

夜。孙中山的书房。这里到处是书,中文的、日文的、英文的、洋装的、线装的都有。这完全是一个学者的书房。

李大钊已经不在了,何香凝和孙夫人也不在这里,只有廖仲恺和孙中山两人。

廖仲恺微微倾斜着身子在听孙中山讲话。孙中山只穿了件衬衫,站在落地窗下,正愤慨地讲着。

孙中山:"我们不少同盟会、中华革命党时代的老人,已经失去了当年革命的锐气，有的是社会地位高了，怕革命了，也有的和军阀、帝国主义暗中勾勾搭搭。"

孙中山说到这里很激动，也很难过。他猛地推开了通向凉台的落地窗。一阵风吹了进来，把孙中山的衬衫吹得飘起来。

廖仲恺深情地望着孙中山，他理解地点着头。

宋庆龄和何香凝坐在客室的沙发上，两人紧挨着，也在亲密地交谈。

何香凝关切地问："孙先生到上海之后，饭量还好吧！"

宋庆龄："他刚离开广州的时候，心情坏透了，现在又开始好起来了。"

何香凝点头："我看孙先生气色还好，也真难为你了。前次孙先生在广州蒙难，你为了孙先生那么奋不顾身，真叫人感到……"

宋庆龄笑了："人在那个时候就很少想到个人了，你不也是一样，听说，陈炯明给你骂得不轻。"

何香凝也笑起来，她转了话题："你身体还好吗？"

宋庆龄："我还好，你和仲恺倒是瘦了！"

她听见孙中山和廖仲恺谈话的声音。

宋庆龄对何香凝："你听，他大概正和廖先生在讲他最近的主张呢。他这人太容易动感情……"

孙中山让凉风吹了片刻，才转过身来。

孙中山："这个党是我们创建的，多少人为此而丢了脑袋。我没有想到她会变成这样，承认这个事实是痛苦的，可革命者不能不承认事实。"

孙中山做了个手势："但是，我们当然不能看着她死亡，我们必须救活她，而要救活她，就需要新鲜血液。近来，我读了一些介绍俄国革命的书，才懂得要革命一定要靠大多数人，要吸收像李守常那样的人。"

廖仲恺抬起头："完全对！"

孙中山："要改组，要研讨列宁的政党和他们的革命方略。仲恺，我打算派你和苏俄的代表接谈，你愿意吗？"

廖仲恺站起："我一定全力以赴！"

孙中山把一只手放到廖仲恺肩上："我知道你会这样的。以后，改组本党的担子就交给你了。"

廖仲恺："我相信我不会辜负先生的嘱托的。"

孙中山："精卫是会支持我的，胡展堂却令我失望。我估计，你接受这个委托，会遭到党内一些人的围攻和反对。我希望你坚持下去，这不是我个人的嘱托，是中华民族给予我们的重任。"

廖仲恺："我理解先生的意思。先生这个决定，本党的有志之士，都会支持你的主张的。"

孙中山："我也相信这一点。仲恺，对不起，我事先没有征求你的意见，我今天和苏俄代表又举行了一次谈判，我跟他说了，以后要由你做我党的全权代表。现在，苏俄代表来了之后，英租界和日本的暗探已经嗅到了，所以你和越飞谈判，要到日本去举行，并且要分头去。谈判细节，明天我们再仔细研究。"

廖仲恺："好！我遵照先生的意见办。"

孙中山和廖仲恺边谈边步到凉台上。

第三章

30

旅馆里。

何香凝正在一张方桌上作画。廖仲恺忙着检查已经整理好了的旅行箱子。

他随便看看箱子里的东西，回头看看何香凝，忍不住又踱到桌边，看她作画。

何香凝头也不抬地说："你不看看你的东西，到了东京又缺这少那的。"

廖仲恺说："我看过了！你收拾得挺周到。"

廖仲恺干脆靠到桌子上，歪着头在看她画一块石头。

何香凝瞥(piē)了他一眼："你不去想想到东京怎么和越飞谈判？"

廖仲恺仿佛没听见，他开始评起她的画来。

廖仲恺："你这块石头……"

何香凝烦了："石头怎么啦？"

廖仲恺摇头："它不该这么个凸法，还有这梅枝，要是……"

何香凝："你这个人又来了，你不懂画，偏充内行！你不要妨碍我。"

廖仲恺："看看，提到你的画就不虚心了，我不懂画，可我会……"

何香凝真的火了，她把笔一放："那你来……"

廖仲恺吓了一跳，笑了："好！我走！我走！怪脾气！"

何香凝也笑了："你嘟哝个什么！你这个人就这点讨厌。我一画画，你就凑上来评头品足……这是给你带到日本送朋友的，你别打扰我。"

廖仲恺只好又踱到箱子前面，检查起自己的东西来。……可是还是忍不住回头看。

<h1 style="text-align:center">31</h1>

海上的浪花，飞翔的海鸥。

富士山的雪峰。

日本的热海温泉。

廖仲恺和女儿梦醒在海边走着，他一面替女儿拾贝壳，一面朝海滩上睃着。

戴了一顶草帽的越飞远远走来，他和廖仲恺的眼光相碰着了，双方互相示意。

一个日本人远远跟在后面。

日本热海狭隘的街道。廖仲恺和梦醒在街上走着。

一个日本人跟了上来。

日本人向廖仲恺鞠躬示意，廖仲恺还礼。

日本人："廖先生这次来日本……"

廖仲恺一笑："一来带女儿看病，二来为侄女做媒。你有什么指教？"

日本人"啊"了一声。

廖仲恺拉着梦醒，继续悠闲地漫步。

32

廖仲恺匆匆走进一间房里。

房里一个人站了起来，他是越飞。

越飞和廖仲恺紧紧握手。

楼下，梦醒和几个女孩子在打牌。……

廖仲恺伏在写字台上写着什么，他的桌上摆了许多书。

字幕：廖仲恺和越飞会谈，为孙中山先生的联俄、联共、扶植农工的三大政策奠定了基础，与此同时，孙中山先生在国内利用了滇桂联军，把陈炯明驱逐出广州……

33

广州街头，滇桂联军蜂拥进入广州。

报纸标题特写：滇桂联军进入广州，陈炯明率部逃往惠州。

广州街头，到处是歪戴帽子横眉瞪眼的滇桂军人。

街道骑楼下，人们畏畏缩缩地走着，躲着这批新进入广州的军人。

萧条的商店门上，重新又挂起了青天白日的旗帜。

沿江马路上，一位穿裙的姑娘紧皱着她那秀眉，望着那些横行无忌的军人。这位姑娘正是我们已经见过面的碧影。

一个穿西装的青年，迅速走了过来，他走到碧影身边，喊了声："碧影！"

碧影回头,见是郑剑。

碧影:"啊,是你!"

郑剑:"你在生谁的气?"

碧影:"你看,赶走了陈炯明,又来了这么些土匪,他们居然也打着革命的旗号?"

郑剑淡淡地瞥了那些军人一眼:"杨希闵、刘振寰本来就是军阀,你指望他们什么呢?"

碧影:"我当然不会对这些人有什么幻想,可是孙中山呢?廖仲恺、汪精卫和胡汉民呢?这批穿军装的土匪,能依靠吗?"

郑剑摇摇头:"你认为孙中山先生和廖仲恺就看不到这一点吗?"

碧影疑问地看看郑剑,摆着一副准备辩论的架势。

郑剑笑了起来:"走吧!昂首的小天鹅,别认为只有自己才是最革命的。我告诉你一件事,中央有指示。"

碧影"啊"了一声,跟郑剑慢慢走着。

郑剑:"中山先生很快就回到广州,就任大元帅,廖仲恺先生也从日本回来了。"

碧影不耐烦地:"你讲这些国民党要人行踪干吗?"

郑剑:"咳,你呀!真够狭隘的,中山先生回广州要改组国民党,廖仲恺是改组国民党的核心人物。"

碧影:"这和中央指示有什么关系?"

郑剑:"中央指示我们,要积极协助国民党搞好改组工作。"

碧影还带着疑问的神情望着郑剑。

这时,马路上传来欢呼声,人群潮水般地向前涌去。

34

人们向前拥着。

兴奋、期待和热情仰望的工人、学生和市民。

孙中山和夫人,何香凝、廖仲恺和胡汉民分乘汽车徐徐从人群里穿过。

孙中山怀着胜利的喜悦向广州民众挥手。

胡汉民和廖仲恺坐在一辆车上，他们满脸欢欣地看着。

廖仲恺感慨地："我们终于又回来了！你看，民众的情绪多么热烈！"

胡汉民淡然一笑。

廖仲恺仍旧兴致勃勃地："我这次在日本和苏俄代表越飞谈得很好，对我很有教益。这次重回广州，孙先生的许多主张，必得以实施，革命大有希望！"

胡汉民显然在想着自己的事，他只礼貌性地点了点头。

35

一所古老的建筑，门口挂着广东省政府的牌子。

门两旁贴着刚刷上的标语："欢迎廖仲恺先生兼任广东省省长！"

36

省政府的大院里，停着崭新的小汽车。

胡汉民和李文汉从楼梯上走下来。

李文汉紧贴着胡汉民走，边走边热情地邀请说："陈廉伯先生一定请你到他的别墅去住，那里幽静、方便。"

胡汉民微微点首："陈廉伯？"

李文汉："香港来的，他很想认识胡先生。"

胡汉民矜持地："啊！"

胡汉民和李文汉走到大院停放的汽车旁边，原来站在汽车边上的陈举和王翰连忙迎了上来。

陈举和王翰同时躬身："胡先生！"

胡汉民望望他俩："你们两位是……"

李文汉连忙介绍："这位是陈举同志——我们广州商团的军事教练，是陈炯明那里弃暗投明过来的。这位是王翰先生——国会议员，佛山有名的绅士。他原来在北京，现在决定留在广东。"

胡汉民和陈举、王翰握手。

李文汉拉开汽车的门："请上车吧！这辆车也是陈廉伯先生刚从香港运来送给胡先生的。"

胡汉民摆手："这可不敢当！"

胡汉民钻进汽车，车子慢慢驶出大门。

大门处站着一些人，好像是在欢送胡汉民，又好像是在欢迎廖仲恺。

人们一面挥手，一面延颈瞭望……

37

廖仲恺和何香凝在马路上走着。

熙熙攘攘的人群。廖仲恺在人群里挤着，一面急急赶路，一面东张西望。

何香凝轻轻拽拽他的衣裳："你慢点走嘛！"

廖仲恺根本没听见，他注意着商店和行人。

廖仲恺发现了什么，急忙走了过去。

骑楼外，一群流离失所的难民，有的在行乞；有的卖破烂；有三个小孩身上插了草标，要卖，一个中年戴孝的妇女，坐在孩子身边，掩面啜泣。

在骑楼下面的商店里，有几个戴着帽子的士兵在敲诈勒索，吵吵嚷嚷。

廖仲恺皱着眉头和何香凝互相对看了一眼。

两人默默地急促地走着。

38

广东省政府。

廖仲恺坐在办公室里。

这是宽大而简单的办公室。人们来来去去，紧张而又轻松，活跃而又严肃。请示工作的，要求接见的，穿梭^{suō}似的来来去去。

廖仲恺一面在纸上急促地写着，一面把电话架在耳朵上。他对电话里"嗯"着，同时向一个工作人员做着手势，要他看看自己写好的公文。

廖仲恺放下电话，那个看公文的人正要说话，又有一个人挤了进来。

那人："廖先生！"

廖仲恺看了看表："简要点！"

那人："汪精卫先生派我来的。"

廖仲恺："什么事？"

那人："关于党务的事。汪先生说，改组广东支部的事，他没空过问。他要我转告廖先生，请廖先生多费精力，这是他给你的信。"

廖仲恺接过信看了看，说了句："知道了。"

廖仲恺把汪精卫的信往袋里一塞，对站在那等着的人说话。

廖仲恺："这两份公文你看了？"

手拿公文的人："太好了！成立难民救济所，成立警察大队，都是非常需要、非常及时的。"

廖仲恺也高兴起来："那你就让人筹备起来，把这两份布告，盖上省政府大印贴出去，决不允许军人去街上敲诈勒索，不管他们是哪部分的！"

拿公文的人惊叫："省长，我筹备？我可不行！"

廖仲恺："为什么？"

拿公文的人："没有人，没有经费……"

一位中年人领着一个穿军服的年轻人匆匆走了进来，廖仲恺看见那个中年人，忙向他招手。

廖仲恺："我让你们找的干部呢？"

中年人："报告首长，广州党务一片散沙，很多党员徒具虚名。"

廖仲恺："具体一点。"

中年人诉苦："我这是很具体的呀！都倚老卖老要官做，你不给他名义，他是不干的。一听说要叫他们和共产党打交道，和工人农民打交道，搞难民救济，一个个都摇头拒绝。"

廖仲恺："你告诉那些同志，就说我廖仲恺说的，他不愿留在国民党内，可以退出。本党改组在即，对不良分子要坚决淘汰，我这个省长是办国民革命，不是来封官许愿的。"

廖仲恺瞥见站在中年人后面的年轻人："他是谁？"

中年人："他叫李行。是党部让他到你身边工作的。"

廖仲恺："啊！欢迎！欢迎！"

廖仲恺又对中年人："已经定了的人，要限他们在三天之内报到。"

39

财政部办公室。

廖仲恺解开衣裳，刚拿起扇子，一个穿长衫的人又匆匆跑了过来。

穿长衫的："廖先生，你快点救救我吧，我简直要跑反了。"

廖仲恺："你慢慢说，慢慢说。"

穿长衫的："大元帅府办公费没着落，党部经费没着落，许多机关连伙食都开不成了。还有工会补助费，难民救济费，都没有。到财政部来要钱的人都挤满了，他们大吵大闹，说要告财政部，要告你！"

廖仲恺："税局、银行、海关都没有钱交上来？"

穿长衫的苦着脸："哪能收到一个钱，都让滇桂联军的刘司令、杨司令派人收去了。至于海关关税余额，外国人根本不理我们。"

廖仲恺："驻军把财政也包了？岂有此理！大元帅府不是下过命令，驻军不得设卡收税吗？"

穿长衫的："我也找过刘振寰和杨希闵，他们根本不理。"

廖仲恺推开桌上的文件，在房里大步走着。

穿长衫的："海关我也去了，他们说，如我们要收广州'关余'，只能向外国兵舰去要。"

廖仲恺："帝国主义想恫吓我们，办不到！晚上我请示孙先生。刘振寰和杨希闵那里我亲自去，你先回去，告诉他们，经费一定解决，但也要他们体谅我们的难处。"

穿长衫的叹息："这样我们要得罪滇桂联军，得罪外国人！还有，有些人对本党改组的事，也……"

廖仲恺勃然大怒："不得罪他们，就要得罪老百姓，我廖仲恺不是为了怕得罪人才活在这个世界上的。"

电话铃突然响了起来。

廖仲恺抓起电话："我廖仲恺。啊，展堂，什么，你说吧！"

40

在一间雅致的书房里，胡汉民斜靠在沙发上，手里正抓住电话。

书房里还坐着一些人，其中除了我们已经见过的林直勉外，还有邹鲁、冯自由、邓泽如等人。

他们每人面前都摆有咖啡、点心，还有几个女人坐在他们身边。

胡汉民对电话："你别着急嘛，仲恺。我是转达直勉、泽如、张继、邹鲁、冯自由诸位同志的意见，他们现在都在我这儿。"

廖仲恺对电话："你说吧！"

胡汉民仍旧慢声细语对电话："他们认为我们关系深，要我向你说，我们可以和共产党合作，可是不能一切都依照他们的办法，譬如，搞工会，搞农民运动，都有不同的看法，特别是对本党的改组问题……"

廖仲恺："改组问题？这是孙先生的意见，展堂兄，你不是也举过手吗？"

胡汉民："我举过手！我也知道孙先生的主张，但是我们不得不看到，现在还有不少人坚决反对改组。"

廖仲恺还是冷静而坚决："有不同意见，可以谈，我建议这个问题应该在党代表大会上来解决。"

胡汉民捂着话筒，和林直勉低声商量了句什么，胡汉民摇头。

胡汉民对话筒："仲恺，我们是二十年的患难之交，希望你三思而行，不要操之过急，另外，你也要注意自己的身体……"

廖仲恺："谢谢！我身体很好。我们大家都要仔细想想，一切以大局为重，……对！"

廖仲恺放下了电话。

41

廖仲恺站起来，烦躁地走着，忽然又回到书桌前，翻看了一下公文夹。

廖仲恺用手揉了揉自己的额头。

何香凝走了进来,她看看廖仲恺。廖仲恺没有发现她。她轻轻放下手里的包,走到廖仲恺身边,无限关切地:"仲恺!"

廖仲恺回头:"啊,你来了。那些孩子们安置好了?"

何香凝:"安置好了一批,可是还有好多流落街头的儿童,他们无依无靠,我们力量又不够……"

廖仲恺心情沉重地点点头。何香凝这才注意到他的神态。

何香凝:"你脸色好像不大好!"

廖仲恺强笑:"是吗?"

何香凝从包里掏出一份报纸:"仲恺,今天的《国民新闻》有人化名写文章攻击你,说你被人包围了,说你要改变国民党的主义。"

廖仲恺:"不奇怪,这是他们串通好了的。刚才胡展堂、林直勉打电话给我,也是这个意思。"

何香凝:"要革命,不挨骂是不可能的,你顶住。"

廖仲恺感激地看了看自己的妻子。

何香凝:"不过,也要注意一下。小人的手段总是很卑鄙的。"

廖仲恺长笑一声:"我现在的所作所为,是从血的教训中得来的,是为了国家,为了本党。无论何人反对,我皆不畏,即使击我杀我,也在所不惧。天如假我以年,哪怕是三五年吧,让我从事国民革命,我自信必有成效可观。"

何香凝感动地:"我相信。你就是这样的人。"

廖仲恺重又精神抖擞起来,大声地喊:"来人!"同时对何香凝,"该饱饱肚子啦,你也没吃饭吧?"

何香凝笑了:"你这个财政部长要请客?"

廖仲恺大笑:"夫人驾到,部长当然应该招待。"

何香凝:"你想上一次馆子?"

廖仲恺:"不,不,馆子哪有我们这里好!"

一位勤务员走进来。

勤务员:"廖部长,你喊我?"

廖仲恺："请给我和夫人，一人叫一碗云吞面。"

何香凝大笑："好大方的部长，就一碗光头面请客？"

勤务员："你不在，廖先生这些天每天都是这样，让他添一个菜也不肯。"

何香凝："那你就服从命令吧。"

勤务员要走，又想起什么："外面有位先生，说是你的亲戚，要见你。"

廖仲恺："亲戚？"

勤务员："说是你的堂妹夫。"

廖仲恺："是了，请他进来吧！"

勤务员转身走了。

42

一个带点土气的中年人微微躬着腰走了进来。

来人对廖仲恺、何香凝鞠躬："二哥，二嫂！"

廖仲恺忙扶着他："啊，是你！几时到的？"

堂妹夫："昨天到的。"

何香凝给他倒了杯水："喝点水，是从惠州来的？"

堂妹夫边点头边打量这空落落的办公室。

廖仲恺："陈炯明在惠州怎么样？"

堂妹夫："陈炯明不服，他声言早晚要打广州。他还说，这回要抓住你，就不客气了。"

廖仲恺笑起来："好家伙！还想抓第二次啊！"

何香凝："乡下情形怎么样？"

堂妹夫立刻苦着脸："乡下日子不好过哇！农夫都变坏了。有些党员在下面煽动他们，要他们搞什么农民协会，抗租、抗债！"

廖仲恺和何香凝对望了一眼。

堂妹夫："听说也有共产党夹在里面。有个叫彭湃的，海丰人，他也秘密到我们那里去过。"

廖仲恺喜悦地对何香凝："这么说来，下面的情形不错嘛！国共两党已经在下面联合行动了。"

堂妹夫嘴一噘，胡子一翘："不错？我们日子就难过啦！二哥，二嫂，不瞒你们说，我这次来就是央求你们帮忙找个事做做的。"

堂妹夫说着，把提包放到桌上，从里面掏出一包一包东西。

廖仲恺连忙制止："别这样，我和香凝有约，任何礼物不收，哪怕是亲戚也不行。你先说说，你想做什么事？"

堂妹夫："我……二哥又是省长、部长，我想能不能给我……"

廖仲恺爽快地："行，你想做事，我应当成全你。你等等，我给你写个任命。"

堂妹夫感激地笑着："这……太感谢了！"

廖仲恺："不必，不必，我们这里也缺人嘛。"

廖仲恺伏在桌上写起来。

43

勤务员端了两碗云吞面进来。

何香凝站起接了过来，同时招呼那个堂妹夫："你吃过没有？没有的话，再去买一碗。"

堂妹夫看着两碗面愣愣地："省长的午餐就……就这样？"

廖仲恺放下笔，呵呵笑道："怎么？这样的午餐不好？还有许多同胞连面汤也喝不上呢！呐，给你这张条子，你可以去报到。"

堂妹夫喜滋滋地接过条子，凑在眼前一看，忽地尖声叫起来："你叫我当个小文书？"

廖仲恺："文书不行？你除了能写写毛笔字，还能干什么呢？"

堂妹夫把条子向桌上一扔："二哥也未免太不近人情了吧！就凭我们的亲戚关系，一个县长的位子都不能给？"

廖仲恺："给你县长？我不是清朝的督军！你能把这个文书当好，也就不错啦！"

堂妹夫把一包一包的东西，重又放回包里，提起就走。走到门口，又回头说了句:"早知如此,我就不来找你了。"

他把门猛地一带,气冲冲地走了。

廖仲恺摇摇头:"又得罪了一个,有什么办法呢!好,吃吧!我还要去找杨希闵求情呢。"

何香凝端起碗:"你去找杨希闵?"

廖仲恺:"要钱啊!"

何香凝吃不下去了:"你不能让别人去?你到那里会碰钉子的。"

廖仲恺也推开了碗:"碰钉子、丢面子,再难堪也得受着啊!在没有统一财政以前,没有别的办法。"

何香凝深深地叹息了一声:"可是要留心,别发脾气。"

第四章

44

沙面。

绿树成荫,幽静整洁的马路,花圃里的花盛开。

一所豪华的旅馆,上面飘扬着英国的旗帜。

英国警察守在门口,注视着进出的人。

门口,停着一溜当时的人力包车。

乐曲悠悠扬扬地飘出来。

趾高气扬衣着华丽的陈廉伯,昂然走进旅馆。

45

房间里,身佩军刀的军人,西装革履的政客们正在喝酒。

在另一个房间里,我们也看到了当时的广州要人们,他们是我们在胡汉民住处看到过的那几位。

他们在丰盛的酒席上,低低交谈着。

在一间特大的套房里,身穿便服的杨希闵斜躺在床上,正在吞云吐雾。

一个女人在替他烧烟；一个女人在给他捶腿。

廖仲恺和穿便服的勤务兵，走进旅馆大门。廖仲恺皱着眉头看看大厅，像怕被人识破似的，低着头急急穿过大厅。

46

杨希闵的房里。

杨希闵咕噜喝了口茶，顺手在那烧烟的女子脸上捏了一下，哈哈大笑。

47

外面，廖仲恺和李行在过道上走着。

穿白衣的侍者追了上来。

侍者："先生，你找哪一位？"

李行："我们找杨司令。"

侍者："约好了吗？"

李行："你告诉我们他在哪一号就行了，多问什么？"

侍者打量一下廖仲恺和勤务兵,看他们这副貌不惊人、衣履一般的样子,傲慢地:"杨司令吩咐过,他的住处不能随便告诉人。"

廖仲恺倒没动气:"我有急事找他,你不告诉,我们就自己找吧!"

侍者拦住:"这里不能随便走,请你出去。"

李行火了:"这是廖仲恺省长! 你……"

侍者:"廖仲恺省长!"

廖仲恺挥挥手:"你带我们去吧!"

侍者勉强地:"请这边走。"

48

杨希闵房里,警卫走进来:"报告!"

杨希闵:"什么事?"

警卫:"廖仲恺求见!"

杨希闵做了个手势,让那些女人退了出去。

49

廖仲恺进来。

杨希闵起身招呼。

杨希闵:"你怎么找到这个地方来了?"

廖仲恺在沙发上坐下来,和婉地:"我是有急事来找你的。"

杨希闵喝了口茶,这才打着哈哈:"我知道你廖先生没事是不会见我杨希闵的,是为了要钱吧?"

廖仲恺:"对,要钱,我让财政部的人见过你,你没有俯允。"

杨希闵:"这倒好! 政府不养活我们军队,反而找我们军队要钱。"

廖仲恺也冷冷地回答:"我也认为这是不正常的,应当改变。"

杨希闵一时没懂廖仲恺话的意思,望望廖仲恺。

廖仲恺:"现在军队把持了财政,包办地方税收,地方政府当然无钱开支。"

杨希闵:"上个月,不是给过中央党部一笔钱吗? 你们把钱都花到哪去了？照我说，什么工人会、农民会，你管它干啥？"

廖仲恺："这是大元帅和中央党部决定的事。杨司令，我们还是谈正题，这次你必须从税款里拨回十万元给政府。"

杨希闵："十万元？又是十万元。"

杨希闵面对廖仲恺："对不起，没有！"

廖仲恺也霍地站起："我不是来乞讨的！杨司令，这是国民的钱，是政府的钱。它应当用在国民革命的事业上。"

杨希闵："我没有，没有！有也不给！"

廖仲恺凛然地："那好吧！从下个月起，我们要收回一切财权，财政统一到财政部，任何驻军不得干涉财政税收。"

杨希闵："你……收回财政？廖先生，你不要忘记，没有我们滇桂联军，你还回不了广州呢！你别忘了，现在还是我们在抵挡陈炯明，保卫广州。"

廖仲恺："你也别忘了，你现在是广州革命政府大元帅下面的一支军队，你要服从元帅府的命令。"

杨希闵咆哮起来："服从？不服从又怎样？"

廖仲恺拿起帽子，昂然走出。

杨希闵愣了愣。

50

廖仲恺急促的脚步，跟在他后面的李行几乎撵不上他。

廖仲恺家。

这是一幢中西结合式的小楼，楼外有一个小凉台。

正在凉台上的梦醒和承志，看见廖仲恺喊了一声"爸"，跑了下来。但是他们一见廖仲恺的神情便又放慢了脚步。

廖仲恺却比平时分外温情，他在楼下用两手揽着两个孩子，亲切地问："你们去做什么？复习功课？"

两个孩子点点头，同时偷偷观察廖仲恺的表情。

廖梦醒："爸爸！你又碰上不愉快的事了吧！"

廖仲恺笑了,拍了廖梦醒一巴掌："就你精！"

他拉着孩子向房里走。

廖仲恺："爸爸没空过问你们,也不能带你们去玩玩,你们有意见吧?"

廖承志："我知道爸爸忙,我们没意见。"

廖仲恺高兴起来,他考问地："承志,你知道爸爸为什么忙吗?"

廖承志仰起头,眨巴着眼："革命！"

廖仲恺："革谁的命?"

廖承志这回熟练地回答出来了："军阀！帝国主义！"

廖仲恺："啊,学校教育得不错嘛！"

廖仲恺又转问廖梦醒："梦醒,你们学校的学生对时局有什么反应?"

廖梦醒："有！"

廖仲恺："啊?"

廖梦醒："为什么不把滇桂联军赶出广州！这帮人太坏了。为什么没有我们自己的军队?"

廖仲恺"啊"了一声,大感兴趣地跑下楼来！两个孩子看爸爸情绪好了,也高兴地跑到他身边……

51

楼上,何香凝伏在写字台上写着什么。

楼下传来廖仲恺和孩子们说笑的声音。

何香凝放下笔,起身站到楼梯上向下面看看。

廖仲恺拉着两个孩子朝外面走去。承志、梦醒紧紧拉着爸爸的胳膊。

何香凝摇了摇头,又回到自己的书桌上。

52

淡黄的灯光笼罩着房里。

何香凝仍伏在桌子上写着。

楼下传来了歌声，是廖仲恺和两个孩子唱着回来了。

何香凝放下笔，疑问地向门口望着。

廖仲恺和儿女跑上楼来。梦醒手里拿着一块花布，承志拿了一个新书包。

廖承志首先跑到妈妈面前报告："看！爸爸给买的！"

何香凝看了看廖仲恺。

廖仲恺："你看着我做什么？我就不该给孩子们买点东西？不该带孩子们唱唱歌玩玩？"

何香凝没有答复他的话，她对两个孩子："爸爸给你们买了新衣新书包，你们可要好好学习。你们下去，让爸爸休息！"

两个孩子有点依依不舍，可看看妈妈脸色，只得下楼去了。

廖仲恺不以为然："你对孩子们太严了，我今天原打算和孩子们好好玩玩的。我这个做爸爸的跟孩子们在一起的时间太少了。"

他在房里走了几步，又看看桌子上："你又在写什么？"

何香凝："妇女解放宣言！"

廖仲恺在沙发上坐下来，感叹地："宣言？你现在没空画画了，我也没空作诗了！"

何香凝坐到他的身边，轻声问："又受气了？"

廖仲恺长叹一声："有时我也想躲开一切，和你在双清楼上写诗、画画，过我们前人过惯了的生活。"

何香凝伸手怜爱地抚摸了一下他的头发。

廖仲恺闭眼吟哦自己的词："万里长江排闼入，画帘高卷秋阴。西风鲈脍(kuài)耐人寻，天涯呖(lì)遍，依旧故园心。"

何香凝："你怎么念起这首词来了？依旧故园心？你的故园在哪里？"

廖仲恺眨眨眼。

何香凝："难道你还想你的旧金山？"

廖仲恺："旧金山？"

何香凝："起来！你现在可不能有这种情绪。"

廖仲恺搔了一下自己的后脑勺,他在屋里来回走了几步,叹息了一声:"难啦!"

何香凝:"是杨希闵给你气受了?"

廖仲恺:"何止是一个杨希闵!现在是钱没有钱,人没有人,改组党的事情,阻力又是那么大,孙先生在前线,一天一个电话,他很快要返回广州。要我向他报告改组本党事宜,真是千头万绪!"

何香凝:"钱我可以想办法,我再去找南洋和美洲的侨领们,可是人呢?"

廖仲恺:"是啊!生龙活虎敢于扭转乾坤的人!"

李行手拿一封信进来。他把信交给了廖仲恺,说:"下面有一些青年要求见廖先生,这信是他们让我带上来的。"

廖仲恺看信,喜形于色,大声地:"这下可好了,这可真是雪中送炭啊!"

何香凝:"谁的信!"

廖仲恺:"李大钊和林伯渠。你看,还是共产党给我们送来了大批干部。你看(指信),毛泽东、周恩来也都要来广州。"转身对李行,"我们一道下去看他们。"

李行有点迟疑。

廖仲恺望着他:"怎么?"

李行嗫嚅地:"刚刚我碰到张继先生,他说和共产党不要……"

廖仲恺冷笑了一声:"张继?你自己怎么看呢?"

李行:"我……我认为也需要注意一下!"

廖仲恺转身对何香凝:"看看,连他也要我们注意了!"

他突然改变了声调:"李行同志,我倒要提醒你注意!在我这里要注意的是把国民革命进行到底,是打倒帝国主义,打倒军阀。国民党员也好,共产党员也好,不执行上级决策,就不要在这里挂羊头卖狗肉。"

李行有点下不来台,廖仲恺也没去管他,高声对何香凝:"准备茶点,招待招待下面的年轻人。"他又用手一拍李行,"发什么呆,跟我一道下去,注意,你刚才的那种情绪,不得有任何流露,因为你是中央党部派到我这里来的。"

廖仲恺噔噔地先下楼去了。

53

楼下小客厅。

郑剑、碧影和其他几位青年坐在那里。

碧影环顾室内陈设,室内除了椅子、茶几和壁上挂着孙中山的"天下为公"条幅外,还挂着他自己写的:"富贵不能淫,威武不能屈,贫贱不能移。"

碧影小声地:"廖省长家也这么简单?"

郑剑也小声地:"你以为国民党要人都过着豪华的生活吗?"

楼梯上的急促脚步声,客厅里的人都抬起头,跟着都站了起来!

廖仲恺在楼梯中道上就热情地招呼:"欢迎你们,青年革命家们!"

郑剑他们齐声地回答:"廖先生好!"

廖仲恺一一和他们握手,他抓住郑剑的胳膊说:"小老弟,是你啊,我还以为你从广州消失了呢!你现在还不打算参加国民党吗?"

郑剑微笑回答:"我已经加入了!廖先生!"

廖仲恺:"谢谢!你给本党补充了新鲜血液!"他走到碧影面前,"会演讲的女同志!你叫什么名字?"

碧影:"我叫碧影!"

廖仲恺:"碧影!"

碧影:"我本姓王!"

廖仲恺:"哦,你是怎么出来革命的?"

碧影:"我是为了反对封建礼教和包办婚姻才跑出来的。我父亲是个土豪,他对待农民可凶恶了。我恨透了。"

廖仲恺感慨地望着激愤起来的碧影:"好!跑得好!"

碧影:"现在,我认识到不是我个人,也不是我的家庭问题!不革命,国家没有出路,任何个人也没有出路!"

廖仲恺大感兴趣地,转身对已经端了茶点下来的何香凝和李行:"你们也来听听。她说得很好,不进行革命,国家没有出路,个人也没有出路。确实是这样！"

郑剑："廖先生，我们是来……"

廖仲恺："我看了守常和伯渠的信了！我欢迎你们！代表广东革命政府，代表中央党部欢迎你们！都坐下，我们先谈谈心，相互了解了解。这是我的夫人何香凝；这位是李行同志，他也是刚到我这里来的！"

何香凝和青年们招手，并倒茶拿糖果，房里气氛非常欢快。

廖仲恺："谁先谈谈呢？"

碧影："廖先生你先谈吧！我们很想听听你……"

廖仲恺笑了："好！我先讲一点！"

54

廖仲恺的小客厅里的灯光。

廖仲恺的声音："你们要我讲讲我自己，该怎么说呢！我的父亲是卖猪仔到美国当苦工的。我出生于旧金山。在旧金山的华侨，受欺凌受歧视的情形，你们大概也听说过，可有什么办法呢！我们有一个最腐败无能的满清政府，它对内压榨老百姓，对外拜倒在洋大人脚下，华侨，就像一个没有父母保护的孩子，我就是在这种受歧视侮辱的异国土地上长大的。也可能正因为这个原因，我就格外爱我们的祖国，爱我们的中华民族，希望我们祖国不被列强瓜分，富强起来……"

郑剑、碧影和其他几位青年的严肃聆听的脸色。

廖仲恺在房里走着，因为回忆往事，他的神情也是严肃的。

廖仲恺："所以，我十七岁就毅然决定回国了。我是一个中国人，一个中国青年，我要爱她，我要了解她，我要和我的同胞生活在一起。回国不久，我和她结婚了！"他笑望着何香凝。

碧影和何香凝坐在一起，她听到这里，忍不住问："何香凝大姐，你们是怎么认识的，自由恋爱？"

廖仲恺忍不住笑了："那时我们国家还没有自由恋爱这个词呢！"

何香凝也笑着解释："我们可是道地的媒妁（shuò）之言。那时仲恺的父亲一定要他在国内找一个妻子。我呢，虽然也算得上一位小姐，可我小时候就是不愿缠脚，早上给我缠上了，晚上我就偷偷把裹脚布剪掉了。打我骂我，我死活不干，所以就成了个大脚姐，找不到婆家。仲恺呢，又坚决不要小脚。这不，就撞到一起了。"

何香凝把屋里的青年们都说得笑起来。

廖仲恺："后来我到了日本，是她用陪嫁的钱资助我到日本的。第二年她也去了。我们是在日本结识孙先生，并由孙先生亲自介绍参加同盟会的，那是公元1905年。从那以后，我们追随孙中山先生成了职业革命者，算来也快二十年了！"

碧影："二十年？"

廖仲恺感慨地："是啊，快二十年了！这么多年我们牺牲了多少好同志啊！可中国呢，还是一片黑暗。二十年来，我们教训可真是不少啊！"

郑剑："可现在，广州总算出现了曙光！"

廖仲恺点头："是啊！算是一线曙光，可是……"

廖仲恺突然转对李行："李行同志，你说说看，这曙光表现在什么地方呢？"

李行回答不上来。

廖仲恺又对碧影："你说吧！"

碧影一时也不知该怎么回答。

廖仲恺诧异地看看他们两个："你们回答不上来？"

廖仲恺："照我看，曙光就在孙中山先生提出的三大政策，为了使曙光变成当空的太阳，我们每个人都要维护孙先生的这个新政策，这是我们工作的根本！不能动摇，更不能破坏！谁不执行这一点，我是要处治他的。好了，现在该我来问问你们了，我要了解了解你们，哪个适合搞军事，哪个适合搞工运、农运……"

字幕：1924年1月，国民党第一次全国代表大会。大会前夕，国民党内围绕着联俄联共问题，展开了激烈的斗争。

55

一条僻静的马路上，花木扶疏，很少行人。

一辆汽车无声地驶了过来。汽车驶近有着大铁门的别墅门口，铁门无声地打开了，汽车驶了进来。

李文汉陪着林直勉走下汽车。穿着白大褂的侍役，恭敬地站在楼下。

李文汉和林直勉匆匆走进房里。

56

陈廉伯别墅的西式客厅。

英国大买办陈廉伯，穿了件长袍马褂，坐在沙发上打电话。

陈廉伯对电话："你现在就要把那批武器装船，商团急等着。广州的局势嘛，一言难尽。国民党马上就要召开它的第一次代表大会了。这个代表大会将使局势如何发展，很难预料。现在滇桂联军已退出广州，广州很空虚，我们商团必须有武器，才能应付不测……"

李文汉和林直勉走了进来。陈廉伯欠欠身，算是招呼。

陈廉伯放下电话，一个女仆送上茶来。

陈廉伯："欢迎，直勉先生，你们的事情进行得怎样了？"

林直勉喝了口茶："我们已经联名给孙先生上书了，我们坚决反对改组国民党，反对和共产党联合。"

陈廉伯："孙先生会采纳你的建议吗？"

林直勉想了想："很难说。现在在改组问题上，廖仲恺是个关键人物，自从他参加临时中央执委之后，他和共产党人打得格外火热了。听说，第一次代表大会宣言，也让共产党和共产国际来的人在那里起草……"

陈廉伯："那你们怎么办呢？"

林直勉："我就是为这事来找陈公的。我们需要一些活动经费。"

陈廉伯："经费好办。直勉，现在可真到了紧要关头了。我看你们要在代表大会争取多数，我们商团也可以配合。还有一件事你知道吗？"

林直勉："什么？"

李文汉插话："为了广州政府要截留海关关余问题,北京外交使团决定要向孙、廖施加压力……"

陈廉伯要说什么,电话铃响了。

陈廉伯拿起电话："嗯,好,太好了!"

李文汉和林直勉都不解地望着陈廉伯。

陈廉伯神秘地："请! 请到望江楼上看看江景。"

57

珠江上,二十艘外国军舰排成队形,抬起炮口向广州驶来。英、美、日、法、意、葡等国的旗帜在军舰上飘扬。

外国士兵坐在炮位上,虎视眈眈地望着广州。

58

街上,群众惊慌地互相低语。

"外国军舰开进来了!"

"孙中山和廖仲恺为了海关关余的事,得罪了外国人!"

"不怕! 打倒番鬼佬!"

59

陈廉伯别墅的楼上平台。

陈廉伯、李文汉、林直勉向珠江了望着。

陈廉伯："林先生,你看见了吗? 他们可是说到就做到的。"

李文汉立即出主意："直勉兄,这一下孙中山先生就不能不正视了。你应当立即回去,让你们的报纸出号外,外国的大炮,加上你们的联名上书,同时摆到孙大元帅面前,这就一定会影响到你们的代表大会!"

60

廖仲恺家。

碧影和李行从里面走出来，接着廖仲恺和何香凝也走出来。

何香凝把一件衣服披到廖仲恺身上，他们俩说着什么，廖仲恺笑了。

廖仲恺："我完全同意你的意见，所以我要去找林伯渠、谭平山，不要总让他们找我们。他们的主张，常常是很宝贵的。"

在旁边的李行听见了，他流露出一点不以为然的表情。

61

廖仲恺、何香凝、碧影和李行在街上走着。廖仲恺和李行走在前面。

廖仲恺发现李行脸上有点不高兴，便歪着头问："你噘着嘴干吗？"

李行："别人正骂先生和共产党太接近，你为什么还要去拜访他们？"

廖仲恺脸色立即沉下来，但随即又叹了口气："咳，你呀！"

李行："……"

廖仲恺："你到现在连这个最重要的道理还没想通？是谁在支持孙先生改组国民党？是谁真心实意搞革命？是共产党！共产党真心实意，你倒不放心人家！你这个人啦……"

62

马路上突然出现一小群人，他们手里拿着小旗子，一个个油头粉面，尖声尖气地喊着口号：

"反对联共！反对赤化！"

"反对省政府截留海关关余！"

"打倒廖仲恺！"

廖仲恺望着他们。这批人渐渐走近，几乎和廖仲恺要碰头了。碧影和何香凝赶到前面。

碧影："廖先生，我们从这巷子里走吧！"

廖仲恺没理，李行急了，赶忙用身子挡住廖仲恺。廖仲恺把他推开："我又不是一个小姑娘，还怕人？"

何香凝和廖仲恺站到一起，她提醒廖仲恺："他们是商团里的人！"

廖仲恺："啊！商团、左派、帝国主义联成一气了，他们是要破坏代表大会。"

那一小撮人远去了。

廖仲恺转身对李行："你看见没有？反对联共的是些什么货色！"

他迈着急促的步子走了，李行他们赶紧跟上了他。

63

一所大院。

这里人很多，来来往往，大都是工人、学生和农民。

郑剑也在这里，他看见廖仲恺和何香凝惊喜地喊："廖先生！廖夫人！"

廖仲恺："我来找林伯渠、谭平山和鲍罗庭，商量一下代表大会的事。"

郑剑："他们正打算到你那里去呢！"

这时许多人围上来了，他们亲热地喊：

"廖先生！"

"廖夫人！"

廖仲恺也笑吟吟地："你们好！"

郑剑忙拦住众人："你们别围着。廖先生，廖夫人，请！到后面去。"

廖仲恺高兴地："你们这里真是热气腾腾啊！"

廖仲恺和何香凝他们又走进一个小院。

64

大元帅府。

门口集合了一小撮人，在那里乱喊着，警卫人员端着枪站在门口。

廖仲恺昂然走了进去，碧影也跟在后面。

65

孙中山的接待室。这里坐着不少人，有胡汉民、林直勉，还有一些我们在胡汉民家见过的，他们是邓泽如、邹鲁、张继、冯自由等人。

墙壁上挂着军事形势图，房里的气氛是严肃的。

孙中山很激动，用手敲着桌子。

孙中山："你们说的是反对廖仲恺，反对联共，其实是反对我，反对本党的代表大会。这里里外外的行动，不要认为我孙文是聋子瞎子，我心里是清楚的！"

胡汉民起立："总理！"

孙中山："精卫来了吗？"

胡汉民："精卫已经按照总理意见，在下面接见海外代表，解释本党改组的主张。"

孙中山点了点头，拿起桌上的一叠材料："泽如、直勉等同志的这份反对联共意见书，你同意吗？"

胡汉民："先生，我没有签名。"

孙中山盯了胡汉民一眼，他摆了摆手："好吧！你代表大元帅府，到外面去见一见那些乱喊乱叫的商团代表,你问问他们,是中国广州的商团,还是帝国主义的工具?告诉他们,收回海关'关余',是大元帅府的决策,不是哪一个人的主张。"孙中山又提高了声音,"告诉他们,我孙文不怕帝国主义!"

胡汉民:"我这就去。"

孙中山:"记住,你是代表广州政府发言。"

孙中山目送着胡汉民离去,这才转身对林直勉他们:"我们谈谈吧!"

66

楼梯上,廖仲恺和碧影一道走来。

他们上了三楼。

楼上站着一个人,亲切地叫了一声:"仲恺!"

廖仲恺抬头,原来是李大钊含笑站在面前。

廖仲恺和碧影都惊喜地同声叫道:"守常同志!""守常先生!"

李大钊和廖仲恺拉着手。

李大钊:"我接到你和孙先生的电报就立即赶来了。"

廖仲恺:"这里的形势很微妙,很复杂。"

李大钊:"刚刚谭平山、林伯渠跟我谈了,你受到的压力不小哇!"

廖仲恺笑了笑:"这是早在意料之中的事了!"

李大钊:"这是很自然的。从古以来,没有一个革命派不挨骂的。要建立一个新的国民党,挨骂、被反对,是一定会有的。"

廖仲恺:"哎!你总是这样从容自若。"

李大钊:"你可也总是这样坚强勇敢啊!"

廖仲恺和李大钊都笑起来。

李大钊再次端详了一下廖仲恺:"你的身体怎样?好像瘦了一点。"

廖仲恺:"我倒不要紧,我有点担心孙先生。孙先生本来在操心北伐的事,现在又……"

李大钊和廖仲恺、碧影不知不觉走到接待室的门口。他们看见了正在激烈地讲话的孙中山。

孙中山面对着林直勉等人，双手忍不住指画着："我们革命二十年，哪一个外国肯帮助我们？苏俄，列宁第一个向我们伸出同情之手，你们不知道吗？苏俄为什么现在打败美英法日的干涉？他们依靠工农的政策不值得我们学习？共产党派了许多党员，扎扎实实做扶持农工的工作，你们看不见吗？为什么不该联共？他们依靠工农的政策不值得我们学习？你们还有什么意见？"

林直勉："要说的我们已经说了，总理！"

孙中山来回在房里走着。

廖仲恺站在门口，眼睛也湿润了。李大钊和碧影也很感动地听着。屋里的人并没有看见他们。

孙中山想起了什么，有点伤感："自从本党建立以来，有多少人为国家为民族献出了自己的生命！朱执信牺牲了，邓仲元让人暗害了。"孙中山有点讲不下去了："你们无非是欺辱我左右无人罢了。老实说，我要多有几个廖仲恺，你们就不敢了。"

林直勉勉强争辩："总理言重了。我们不过是陈述我们的主张，有这种看法的人，也不只我们几个。"

孙中山："我当然知道不只是你们几个。你们既然不同意本党改组主张，为什么不退出本党呢？可以退出嘛！"

在座的人都不吭声，但从表情上可以看出，他们并不服气。

孙中山看看他们，突地挥了一下手："谁不服从党纲，谁就退出去！党纲如在代表大会上通不过，我也退出。我可以加入共产党。你们可以把我的话向外讲。但是，我不相信你们能成为多数，中国国民党绝大多数党员，是要革命的！"

孙中山做了个手势，表示谈话就此结束。

68

人们纷纷站了起来。

孙中山发现了李大钊和廖仲恺。

廖仲恺和李大钊向孙中山走过去。

林直勉他们仍旧僵在那里。

外面响亮的口号声,清楚地传了进来:

"坚决支持革命政府!"

"打倒帝国主义!打倒军阀!"

"坚决拥护国民党改组!"

"坚决支持孙中山和廖仲恺!"

69

孙中山欣喜地:"工人、农民、学生们来了!守常、仲恺,一道去见见他们。"

李大钊:"请吧,孙先生!"

孙中山回头对林直勉:"走嘛,一道去嘛。看来,我的话说对了,我是多数!"

孙中山拿起手杖健步向楼下走去。李大钊、廖仲恺、碧影随在后面。

从元帅府门口,一直到马路上,人山人海,此起彼伏地喊着口号。

队伍里的郑剑发现了孙中山他们走出来,带头鼓起掌来。人群中爆发出欢呼声。

孙中山、李大钊、廖仲恺疾步走入人群中。张继、邹鲁等人也抢着跟在后面。

人们的欢呼声口号声更为热烈地响起来。

商团一小撮示威者惊慌地溜走。

70

人群充满了广州街头。大楼上,商店和工厂门口都挂上了彩旗。

珠江里的船,也都升起了国旗。

外国的炮舰悄悄溜走了。

游行的队伍越来越多。大幅标语上写着:"庆祝中国国民党第一次代表大会胜利召开!""拥护中国国民党第一次全国代表大会宣言!"

报纸标语特写:

中国国民党第一次全国代表大会胜利结束,代表大会通过了《中国国民党第一次全国代表大会宣言》,廖仲恺被选为中央执行委员、常务委员,李大钊、林伯渠、谭平山、瞿秋白当选为中央执行委员。

第五章

71

大会场里,人们热烈地鼓掌。

孙中山、李大钊、廖仲恺等人,并肩走出会场。

孙中山、李大钊、廖仲恺站在台阶上,高兴地望着欢庆代表大会成功的群众。

李大钊有感而发地对廖仲恺:"今天,是中国革命高涨的新起点,确实值得欢庆啊!"

廖仲恺:"是啊!回顾过去,瞻望将来,令人感慨万千。"

李大钊:"可是斗争是会继续下去的。"

廖仲恺刚要说什么,胡汉民挤到前面来了。

胡汉民脸上也是很兴奋的样子:"守常兄,仲恺,你们在这儿谈什么呢?咳,今天真令人高兴啊!"

李大钊:"展堂兄也很高兴?"

胡汉民:"当然,当然!"

胡汉民把廖仲恺拉到一边:"仲恺,我已经和孙先生取得谅解了,我也希望和你……"

廖仲恺注视了胡汉民一眼。

胡汉民脸上所流露出来的表情是非常真诚的,廖仲恺高兴起来,他向胡汉民伸出手,胡汉民紧紧握着。

廖仲恺:"展堂!过去的事就让它过去吧,让我们重新挽起手,像我们在东京时那样!"

胡汉民:"对,对!像在东京那样!"

廖仲恺:"你还记得我们为了平均地权这个口号争论了一个通宵吗?我记得那时你是不赞成这个口号的,可后来你也还是接受了,应该说,你后来为辛亥革命、为国民革命也是费了心的。希望我们今后同心同德推进国民革命!"

胡汉民:"对,对!这次代表大会的决议,我一定认真推行!仲恺,你最近打算……"

廖仲恺:"当前最迫切要做的,是扶助农工。工运已经有了一点基础,我打算到乡村去看看农运情况。"

胡汉民:"啊?"

廖仲恺:"展堂,咱们一起去走走吧!"

胡汉民:"我也很想去,只是……"

72

廖仲恺穿了件中式衣服,脚上穿了一双布鞋,和碧影、李行一道,兴冲冲地在街上走着。

远远一幢楼房,门口停了许多人力车和汽车。

林直勉、胡毅生、李文汉等人走进那幢房子里。

廖仲恺看见了他们,注意朝楼上看了一眼。

楼上挂了一个新匾额,上面写着"文华堂"三字。

碧影也在看着,她念:"文华堂?是做什么的?"

廖仲恺笑了笑:"我听说他们搞了个什么堂,说是以文会友呢。"

李行:"别是在搞阴谋活动吧。"

碧影和郑剑在一条很小的巷子里走着。他俩正低声地说着什么。

碧影："明天我和廖先生下乡去,他要亲自去乡村看看。"

郑剑很高兴："好哇!第一次代表大会开过以后,各方面都和过去大大不同了,你能和廖先生下乡看看,这可是一个很好的学习机会。"

碧影也高兴地笑着："看你那个快活劲儿!"

郑剑哈哈笑了,忽然又想起什么:"哎,我请你到我家里去看看好吗?"

碧影："你家?"

郑剑："就在那边小巷里,你也该见见公公了。我爸爸还不知道我们的关系呢!"

碧影脸红了。

郑剑开玩笑:"你是新女性,还不是新媳妇,别脸红。"

碧影捶了郑剑一拳,两人高兴地走了。

一间又低又矮又暗的房子,房里一贫如洗,几乎什么也没有"

郑剑的爸爸,那位我们曾在码头上见过的老工人,正蹲在地下劈柴。

郑剑领着碧影走进来。

郑剑提醒碧影:"低头!小心碰着。"

郑剑爸爸抬起头来,他还没有看清跟郑剑一道来的是谁。因为郑剑把碧影挡住了。

郑剑:"阿爸,你看谁来了?"

郑剑闪开了,碧影红着脸站在那里,低低喊了一声:"阿爸!"

郑剑爸爸没有听见她喊什么,只是惊喜而又慌张地:"啊,是碧影老师!稀客稀客。你是来看我这个笨学生的?"

郑剑笑了:"阿爸,她现在不是工人夜校老师!她是来拜见你这个未来的老公公的。"

郑剑爸爸大吃一惊,瞪眼望着儿子:"阿剑!你瞎说些什么,不怕折了你的草料!"

碧影只好解释:"阿爸,我和阿剑是……"

郑剑爸爸手里的斧头一下掉到地上:"这……这是真的?"

他仔细看看他俩,乐呵呵地笑了:"这真是一个革命时代!小姐要嫁到我们这个穷苦人的人家做媳妇了。坐下坐下。唉,阿剑,你妈妈要是还活着,不知该怎样喜欢!我去买点菜来。"他不由分说,匆匆跑出去了。

碧影环顾室内,悄声对郑剑:"我真难以相信你会出生在这个地方。"

郑剑:"我家在工人当中,还不算是最差的,所以我还能上学,有的人家的悲惨景象,你是难以想象得到的。"

碧影偎依到郑剑身边,低低地:"看了你们家,更理解你了。"

……

74

廖仲恺、碧影和李行走进一个村子。

葱葱郁郁的荔枝林,婀娜摇曳的香蕉。盛开的花儿。

破旧的农村房舍。

村上,显然发生了什么事。人们都在向同一个方向跑去。

紧接着,一队农民自卫军也从操练场所解散,纷纷向人们去的地方跑去。

廖仲恺他们不知道村里发生了什么事,也跟着人们向前走去。

75

一张大布告贴在砖墙上。

布告上赫然写着县政府解散农民自卫军的告示。两个穿灰军装的人,站在布告前指手画脚地讲着:"从通知之日起,农民自卫军不得操练,不得干预区乡政府,不得帮助农民协会拿人,不得……"

一个中年农民手执红缨枪,气愤地挤到前面,他厉声质问:"喂,我问你,为什么解散农民自卫军?你们凭的哪条法令?"

穿灰色军装的人:"这是县政府的决定。"

中年农民:"县政府?省政府上月不是通知,要帮助农民协会办自卫军吗？"

别的农民也跟着喊："你们今天禁止自卫军，明天就要取消农民协会了。我们不听你们这一套！"

穿灰军装的："不听？ 你们农民协会闹得太不像话了，抗租抗债，打骂乡绅……"

农民们更火了："农民协会是中央党部同意办的，是广东省政府支持的，不让我们办农民协会，就是不让我们解放！"

群众围着那两个念布告的吵嚷开来，那两个人有点惊慌，结结巴巴讲不出话来，一直退到墙边上。

76

人圈子的外边站着廖仲恺、碧影和李行。碧影和李行脸上都很气愤，廖仲恺却高兴地笑着。碧影和李行有点奇怪。

廖仲恺对碧影和李行："你们看，农民协会办了几天，农民就敢起来反对反动的政府了。从前，县政府来人，早就吓得不敢讲话了！"

廖仲恺又兴致勃勃地往里挤进去听。人们因为很激动，谁也没有注意这三个衣着普通的外来人。

人们吵吵嚷嚷，声音越来越大，也听不清他们的讲话。

那两个穿灰军装的被挤到墙根，满头是汗。其中一个可怜巴巴地央求："唉，你们跟我们过不去做什么，我们不过是跑腿的，你们可以找副县长嘛！"

"副县长？ 他在哪？"

"喏！"穿灰军装的向村里一个高大房屋一指，"就在那位黄太爷家里。"

另外一个穿灰军装的："我们这位副县长，是中央执行委员、广东省省长廖仲恺的亲戚，是有来头的，你们可得小心点！"

这么一说，果然有了效果。人们由大声喧嚷变成小声议论："廖仲恺的亲戚？"

"不会吧，听说廖仲恺是在美国长大的，这里有什么亲戚？"

"也难说哇,他老家在鸭仔步。"

"亲戚算什么! 听说廖仲恺是不讲私人情面的。"

人们纷纷议论着,犹豫着,不知该不该去找廖仲恺的这位亲戚。

"还是这位大哥说得对!"廖仲恺在人群里面突然说,"廖仲恺要讲情面,不讲革命,那就打倒他!"

"什么? 你说什么?"穿灰军装的又神气活现起来,指着廖仲恺嚷。

人们这才发现,有几个不认识的人站在他们中间,大家都惊奇地打量着廖仲恺他们。

"你们是过路的吧?"另外一个穿灰军装的又嚷,"你走你的路,少管闲事,当心我把你抓起来!"

廖仲恺:"办农民协会,可不是什么闲事。廖仲恺的确说过,想革命就得先去干农民运动。他自己说的话还能不算数? 走,我陪你们一道去找廖仲恺的那个亲戚。"

廖仲恺朝那高大的财主房子走去。有几个农民自卫军悄悄拉着碧影问:"小姐,他是做什么的? "

碧影:"你们看呢?

自卫军甲:"他像个走方郎中。是吧?"

碧影和李行笑而不答。

77

人们朝那个财主家门前涌去。

财主家的大门口,有两个同样穿灰军装的持枪站岗。他们看见这许多人拥来,立刻把枪举起来。

站岗的:"你们干什么,不准靠近!"

自卫军里那位中年人:"我们要见见副县长,问问他为什么要解散自卫军。"

廖仲恺也走到前面:"县长应接见民众,听他们的意见。"

念布告的两个军人跑到站岗的面前叽咕了几句。

一个站岗的："对！把这个管闲事的人抓起来。"站岗的举枪走到廖仲恺面前："你是哪里来的野人，敢煽动愚民闹事。跟我走！"

碧影和李行上前挡住："你们敢！"

群众也纷纷拥到前面，把廖仲恺护住。

"你们敢抓人？快叫你们副县长出来！"

"我们农民自卫军不是好惹的！"

群众嚷开了，站岗的急了，朝空中放了一枪。

财主家的黑漆大门哗的一声开了。一个财主和廖仲恺的那位远房堂妹夫走了出来。

财主："吴副县长在这里，你们嚷什么？"

吴副县长穿了一套很不合身的中山装，胸前挂了个大圆证章。他挺胸凸肚，站到门前石阶上。

吴副县长："你们干什么？"

碧影要上前说话，廖仲恺拉住了她。那位农民自卫军里的中年人，先开了口。

中年人："你们凭哪条规定要解散农民自卫军？"

吴副县长："放肆！谁允许你用这种口气对本县长说话的？解散自卫军，这是政府的权限，尔等……"

中年人："政府？省政府要你们支持农民协会……"

吴副县长："住嘴！你晓得什么省政府的事，廖省长是我孩子的舅舅，我前天在他那儿吃饭的时候，他亲口对我讲过……"

廖仲恺实在忍不住了，他从人群后面挤了进去。

吴副县长："谁在乱挤？把他给我抓起来！"

廖仲恺推开挡住他的人，站到吴副县长的面前。

吴副县长突然眼睛得像铜铃，嘴里"啊呀"了一声，脸也红涨得像猪肝。

吴副县长:"……仲恺,你怎么到这里来了?"

吴副县长身子摇晃着,差点就站不住了。

围在外面的群众,站岗的和财主都大吃一惊,全体呆愣住了。

"仲恺? 廖仲恺?"

"是廖省长? 怕不是吧!"

"天! 省长大人私访纠察来了!"

廖仲恺走到石阶上,站到吓得半死不活的吴副县长面前。

廖仲恺:"你什么时候搞上了一个副县长? 哪有什么副县长职务?"

吴副县长:"我是秘书,别人叫我副县长。原谅我这一次吧,我是奉县长朱卓文的命令来取消农民自卫军的。"

廖仲恺:"朱卓文? 他就是这样当县长的?"

吴副县长:"我们……"

廖仲恺:"你们那个县长朱卓文,我倒要调查调查!"

群众这才相信真是廖仲恺本人到了,一股惊异和兴奋的浪潮在群众中散开来。

群众热烈地欢呼:"欢迎廖仲恺省长!"

"拥护廖省长!"

廖仲恺面对群众:"我廖仲恺在这里郑重向诸位父老兄弟宣布,谁不拥护办农民协会,办农民自卫军,谁不支持农民运动,谁就没有资格当县长、当省长、当中央委员。兄弟假使违背了这一诺言,诸位就请求免我的职。"

群众兴奋得跳起来,有的举起红缨枪高呼;有的热泪盈眶;有的跑到廖仲恺面前,嘴唇哆嗦着,却又说不出话来。

那位吴副县长软瘫着靠在门扇上。那几个军人和财主,一个个呆如木鸡。

78

村上的男男女女都跑了出来,人们奔走相告。

"省长来了,省长来了!"

"省长到种田人家里来了,要跟种田人谈心呢。"

"在哪家？"

"在张三爷家呢！"

人们向村中一所破房子跑去。

79

农民的破旧房屋。廖仲恺、碧影和李行坐在小板凳上，几个年纪较大的农民坐在他们的身边，在诉说着不幸的命运。

廖仲恺倾听着，不断点着头。

屋外围满了人。太阳高挂在天空，人们也不觉得热。

太阳化为月亮。

珠江三角洲的农村沉浸在月光里。

许多村落的场地上、路上、河边，农民协会的会员们唱着歌在活动着。

红缨枪尖上的寒光。农民们脸上的笑容。

廖仲恺和碧影、李行他们在乡间小路上走着、看着，不时和迎面而来的农民交谈着。

廖仲恺感慨地对碧影："这次到乡下来，对我有益处，农友工友的确是革命的骨干力量。你看，一旦组织起来，整个乡村面貌就改变了。"

碧影："是这样。"

廖仲恺："他们是真心拥护三大政策的。这也告诉我们，这是革命的唯一出路。"

他精神勃勃地又走进一支农民队伍里，和农民亲热地交谈着。

第六章

80

清辉的月光照在陈廉伯的庭院里。

钢琴在叮咚地响着。

陈廉伯的客厅里,有位漂亮女郎在弹钢琴。陈举、陈廉伯、王翰坐在沙发上密谈着。

陈廉伯:"武器早已从香港起运,估计明后天可以进港。"

陈举站起来:"这回我们一定要把广州拿到我们手里。孙中山在韶关回不来,廖仲恺到乡下去了,陈炯明在东边牵制了许崇智。只要我们一举事,广州就是我们的。王翰兄,你何时北上?吴大帅那边……"

王翰:"我随时可去。陈公放心,你们商团一举事,我保证吴大帅立即采取行动来策应。"

陈举:"胡汉民、林直勉,那几位态度怎样?"

陈廉伯:"这几个政客嘛,跟我关系不错,特别是胡汉民。他在国民党内地位又上升了,孙中山开始信用他,这一来就更好了。"

弹钢琴的女郎回头向他们看看。

陈廉伯叫了一声:"密斯王,你弹得不错!"

81

钢琴曲的旋律在空中回荡。

一艘挂着丹麦国旗的挪威商船驶进珠江口。

这艘船昂然向广州驶来。

82

一艘小木船在大船留下的浪花里颠颠簸簸地前进着。

木船船头坐着廖仲恺、碧影、李行和农民自卫军里的那个中年人,船舱里还坐着不少农民。他们融洽地在一起谈笑着。

廖仲恺指指远处一个地方,对自卫军:"那就是黄埔^{pǔ}。你们可以在那里接受短时间的训练。搞武装就要有个搞武装的样子,你们没有武装,人家就要来欺侮你们。"

自卫军们连连点头。

廖仲恺发现了什么,突然站了起来。

一只小汽艇从前面驶了过来，靠近那只大船。陈廉伯和几个人上了那只大船。

碧影也发现了，她站了起来。

碧影："陈廉伯？"

廖仲恺疑惑地："他亲自来接船？"

廖仲恺继续望着。

83

廖仲恺乘坐的小船靠了岸。

岸上，郑剑早已等在那里。

郑剑和廖仲恺握手。

郑剑来不及寒暄，低声对廖仲恺："香港来的密报，陈廉伯秘密购买了一批武器，已经运到广州来了。"

廖仲恺点了点头，回头望望那只大船。

廖仲恺也低声："我到黄埔军校去，你派人看着这只大船，严密注意它卸下的货物。"

郑剑应了一声，匆匆和碧影、李行招呼了一下，迈步跑了。

84

黄埔军校里，一片热气腾腾。年轻的学员武装整齐，在学习，在操练，在唱着"打倒列强"的歌曲。

廖仲恺由军校负责人蒋介石陪同巡视军校。

廖仲恺边走边对蒋介石说话。

一个军官匆匆赶来。

军官："廖党代表，你的电话。"

廖仲恺跟这位军官匆匆走进办公室。

廖仲恺手里抓住电话，脸色特别严峻："果真是这样？你跟工人弟兄们严密监视，等我的电话。"

廖仲恺放下电话,用手捶了一下桌子,哼了一声。

站在旁边的蒋介石忍不住问:"党代表,出了什么事?"

廖仲恺:"陈廉伯私运了大批军火,现在正停在码头上。"

蒋介石也吃了一惊:"他们想搞武装暴动?"

廖仲恺:"他们是想颠覆革命政府。你们做好准备,我立刻发电请示孙先生,必须把这批武器扣留,行动由军校负责,你们等我的命令。"

蒋介石立正:"是!"

廖仲恺匆匆离去。

85

慌乱的脚步。

陈廉伯家。林直勉匆匆跑来,直接闯入陈廉伯的客厅。

陈廉伯:"什么事,直勉?"

林直勉气喘吁吁地:"廖仲恺下令扣留了你们运来的军械,军官学校的学生早已经开始行动。"

陈廉伯大吃一惊。

王翰跌坐在椅子上:"又是这个廖仲恺!"

陈廉伯狂叫起来:"廖仲恺敢没收我们商团武器,我就叫广州瘫痪!"

李文汉:"陈公,冷静一点,先让直勉把情况说清楚。"

林直勉:"廖仲恺已经向孙中山先生报告了,孙复电同意廖的主张。现在廖仲恺正在开会,除了扣留这批武器,他还主张彻底追查,说商团在你的操纵下有更大的阴谋,听他的口气,还要抓人。"

房里的人都呆愣住了。

86

江边马路上,一队黄埔学生军在跑步前进。

郑剑领着一批工人跑步前进。

两支队伍在那只大船停靠的码头四周戒严。

学生军登上那只挂有外国国旗的轮船。

船上的外国水兵和船长惊慌地跑出来。

外国船长用望远镜侦察市内情况。

87

"抗议？"廖仲恺手里拿了一份电报冷笑着。

胡汉民坐在椅子上，冷冷地看着他。但当廖仲恺的眼光转向他的时候，他立刻又点头微笑。

廖仲恺向站在他面前等候的碧影："要秘书立刻拟好复电，强烈抗议他们干涉我国内政，私运的枪械 一定要没收！"

碧影："是！"

碧影瞥了胡汉民一眼，退了出去。

胡汉民："仲恺，下一步你打算怎么办？"

廖仲恺："彻底追查陈廉伯的阴谋。他这次偷运枪械不是偶然的。据我所知，他和军阀吴佩孚以及英帝国主义都有联系。在我们党内，也不是没有帮他忙的人。"

胡汉民抽出一支香烟，慢慢在手里搓着，既不表示同意，也没表示反对。

廖仲恺看着他，坐到他的身边，感情深挚地："展堂！"

胡汉民："嗯！"

廖仲恺："你的主张呢？你总不会认为不该没收武器吧。"

胡汉民立起，像是自语，又像是对廖仲恺："我赞成，只是……英国美国……会不会出面……"

廖仲恺默默。郑剑匆匆走进来。

郑剑："廖先生，陈廉伯在召集商团开会，声言不还被扣武器，就要罢市。"

廖仲恺和胡汉民同时地："罢市？"

88

陈廉伯站在讲台上。

广州商团的会场。几百个老板、会长都坐在会场上。

陈举全副武装，站在陈廉伯身旁。李文汉和王翰坐在台上一个角落里，悄悄地在商议着什么。

陈廉伯的声音："省政府把我们的枪械扣留了，没收了，这是欺压我们整个商界。为什么工人可以有工团军，农民可以有自卫军，我们商团就不能有我们的武装？"

李文汉对王翰："这次事情闹大了。"

王翰："我们要看到，共产党再闹下去，吴佩孚会出兵南下的。"

李文汉："现在也没有后退之路了！只有把事态扩大。事态大了，收拾不了，廖仲恺就会孤立。"

陈廉伯在大声喊着："一天不发还武器，我们就罢市一天，商店、公司、银行，统统关闭！"

89

冷冷清清的街道。所有商店都关上了门。

街上提篮子、提包购买物品的人愕然地望着关闭着的店门。

90

在一所大花园里，陈举和商团的武装人员在树林里进行演习。

树梢上，广州商团联防总部的旗帜在飘扬。

珠江上，英法的军舰炮位在移动着。

卖报的大声嚷着："卖报，卖报！英国总领事向大元帅府提出严重抗议。"

91

广东省政府。

廖仲恺的办公室里。

廖仲恺在一张公文上签字。

廖仲恺把公文交给一位工作人员："今天就排印出来。排印好了，立即张贴。"

那公文上写的是"通缉陈廉伯令",后面署名"广东省省长廖仲恺"。

碧影把电话交给廖仲恺:"彭湃同志电话。"

廖仲恺:"彭湃?"

廖仲恺对电话:"我是廖仲恺。彭湃先生,嗯!嗯!你告诉农民弟兄,广州政府对付这次事件是坚决的,我已下令通缉陈廉伯,命令商人开市。他们想用罢市、用外国人威胁我们,办不到!我也给英国政府复照。如果英国军舰敢于开火,我们就坚决还击。我已请孙大元帅加紧调兵回省。对,谢谢你!农民自卫军的声援是必要的。是这样。到时候,我们再联系。"

廖仲恺放下电话,又一个电话响了。

廖仲恺:"是我。好的,武器我们是决不发还,我们正好用这批武器来武装我们的军校呢。对,谢谢你们!"

碧影:"谁?"

廖仲恺:"苏兆征,从工会打来的,工人们要求镇压叛乱。"

廖仲恺感慨地:"这就是他们所反对的共产党人的态度。我们那些大人先生们,又在干些什么呢?"

廖仲恺:"你给我要公安局。"

碧影摇电话。

李行端了一盘包子进来。

李行:"廖先生,你从早上到现在还没吃……"

廖仲恺挥了挥手,又接过刚要通的电话:"吴铁城局长吗?我是廖仲恺,你派人到陈廉伯家,先把他扣押起来,还有一个叫王翰的,是吴佩孚派来的,还有那个陈举,陈炯明手下的军官,都要抓!行动要快!"

廖仲恺放下电话,顺手拿起一个包子,大口啃了起来。一边吃一边忙着签署文件。

碧影:"廖夫人来过两次电话。"

廖仲恺:"有什么事吗?"

碧影:"她……要你保重身体,……还有,要你狠狠地把陈廉伯整倒!"

廖仲恺笑。

92

文华堂。楼上楼下，一片喧闹。这里和罢市的街上，形成鲜明的对比。

三楼上，却是一片宁静，只有低低的谈话声。四壁墙上，挂满了书画。

林直勉匆匆登上楼来，他的后面还跟着一个人。这个人满脸横肉，一身黑衣。两人走进密室。

93

密室里，散坐着陈廉伯、陈举、李文汉等人。

林直勉走进来，向陈廉伯拱手："廉公受惊了！"

陈廉伯："想不到廖仲恺居然敢派人抓我，这回不是吴铁城帮忙，我还真得尝尝铁窗风味呢？"他忽然看见了林直勉身后穿黑衣的人："这位是谁？"

林直勉："他叫朱卓文，是被廖仲恺撤了职的一个县长！"

朱卓文抱拳行礼："我是特来投奔陈公的！我现在无处可去，若蒙收留，有用我之处，万死不辞。"

陈廉伯："好说，坐下吧！"

李文汉对林直勉："直勉兄，情况如何？"

林直勉："你们拒绝了政府开市要求之后，在大元帅府要人们当中引起了一片争议。看来，情况要有变化。"

陈廉伯："直勉兄，请说详细一点。哪些人有哪些主张？"

林直勉："廖仲恺呢，当然主张以武力解决。他说这是叛乱，是企图颠覆革命政府，必须毫不留情勒令开市，把商团解散。把为首的人抓起来法办。他对公安局没有抓到你们，发了一顿脾气。"

李文汉："他……他这个主张能通过吗？"

林直勉："共产党的中央委员当然是支持他的，但是在中枢方面，汪精卫却开始犹豫了，他怕廖仲恺的主张引起全国全世界强烈反应。蒋介石和许崇智也主张和平谈判解决，胡汉民、我和范石生、廖行超等人的态度，你们早就知道了。这就形成了和代表大会前夕完全不同的局面。"

李文汉："看来你们有可能取得多数，逼廖发还枪械，甚或使他下台？"

陈举咬牙："若能发还武器，广州就是我们的。"

陈廉伯："那我们再加点压力吧！通知佛山的陈恭受，还有陈村、西南、顺德等镇，一律罢市，本市商团可以派兵巡街，以示我们决不屈服。"

陈举："我们可以商团名义出派巡街的布告！"

他们把座位向一起移移，小声地商量起来。

94

廖仲恺家。

汽车一忽儿开来一辆，一忽儿又开走一辆。

院子里站着郑剑和碧影。

碧影气愤地对郑剑："这么多的重要人物，都被商团罢市和帝国主义的炮舰吓住了。他们都是来劝廖先生收回通缉陈廉伯令，把武器发还商团的。"

郑剑："哪些人？"

碧影："多了！许崇智、廖行超、伍朝枢、范石生都来过了。你看，又来了一个。"

又一辆汽车开过来，一个人下了车，昂然直入。

郑剑："汪精卫！"

碧影："简直是车轮战了。还有胡汉民那一大帮呢！"

郑剑："廖先生的态度呢？"

碧影："他说决不改变。"

郑剑感叹："真不容易呀！"

碧影还忍不住朝楼上望……

95

楼上，透过窗幔，我们只能看到廖仲恺在房里大步踱着。

廖仲恺的声音："我决不赞成调停。你们的所谓调停，就是投降，连一个陈廉伯都怕，还搞什么国民革命！通缉令我决不收回，枪支也绝对不能发还！"

另外一个人的声音："仲恺兄既然这样，只有到会上讨论了。这一次，你可没有多数了。"

门咣^{guāng}的一声开了，一个人噔噔走下楼去。

廖仲恺站在楼梯口，怒火冲天，满腔悲愤。

何香凝站在他的身边，两人就那么默默地站着。

月光幽幽地照进来，风把帷幔吹得哗啦作响。

96

夜,挂钟滴答滴答响着。

何香凝在打电话："会还没有散？怎么决议不知道？"她放下电话。

何香凝铺开纸,作起画来。她似乎要把内心的焦虑,发泄在画笔上。

一棵梅花在她笔下出现。

钟当当地响着,早晨四点了。

何香凝搁下笔,看看钟,拢了拢头发,推开通向凉台的门。

97

何香凝站在凉台上望着。

两辆人力车赶了过来。

何香凝眼里一亮,匆匆离开凉台。

廖仲恺和李行跳下了车。

98

廖仲恺登上楼梯。他看何香凝的样子,就知道她一夜没睡。

廖仲恺："你为什么不休息？"

何香凝一面倒水一面说："睡不着,想等你回来,问问结果。"

廖仲恺痛心地："结果？我们失败了！那些主张发还商团枪械的人胜利了。"

何香凝吃了一惊："怎么会这样？"

廖仲恺咕噜喝了口水，向沙发上一靠，用手捶着自己的额头。

何香凝坐到他的身边，默默地望着他。

廖仲恺："我革命二十年了，可是到了今天，我才明白，在我们这个古老国家革命是多么困难啊！"

何香凝："困难肯定很大，可是，我们不能灰心！"

廖仲恺："我原以为代表大会之后，有些人也做了反省了，该会有些进步了，哪知道他们根本没有改变，他们嘴里的革命，就是千方百计保护旧的东西，扼杀革命。"

说着说着，他猛地跳起来，在房里大步走着，又突然停下对何香凝："我向孙先生辞职！"

何香凝也站起来："你这是当真？"

廖仲恺痛心疾首："不辞职，就只能屈从于胡汉民他们搞的所谓多数，再用我的名义去欺骗人。"

何香凝："那……"

廖仲恺："我辞去省长，让胡汉民重任省长！……"

何香凝愤然摇头："他当省长，会向商团妥协的！"

廖仲恺："那还用说。"他在房里走了两步，突然转身，戴上帽子。

何香凝一怔："这一大早，你哪里去？"

廖仲恺："出去走走！"

何香凝理解他的心情，想了想说："我陪你去吧！"

已经起床的梦醒和承志，见父母亲要出去，承志问："爸爸妈妈，你们哪里去？"

廖仲恺摸摸承志："走吧！跟我一道。"

廖仲恺一家登上黄花岗。

黄花岗烈士纪念碑巍然耸立。

风吹动着树枝，这里显得很冷落。

廖仲恺脱下帽子肃立在那里。

何香凝和两个孩子也肃立在那里。

廖仲恺对何香凝："走，到执信墓上看看去。"

他们又慢慢走着。

廖仲恺对何香凝："你还记得东京的日子吗？"

何香凝："当然记得！你和执信天天研究孙先生从欧洲带回来的书，研究各种学派各种主义，一讨论就是一夜。"

廖仲恺："是啊！我们都想在孙先生指导下找出一条使中国革命成功的路，可现在死者死了，我这个生者对许多事却又无能为力。"

廖仲恺很伤感地用手抚摸着墓碑。

他们又继续走着。

廖仲恺对承志："承志，你要记住，这里埋葬的烈士，都是为了中华民族而牺牲的。长大了，不要忘记他们。"

廖承志："是，爸爸！"

何香凝看看天："起风了，回去吧！"

廖仲恺："广州又要流血了！"

何香凝："孙先生什么时候从韶关回来？"

廖仲恺摇头，他满腔悲愤，望着广州。

一辆汽车迅速开来。碧影首先跳下车，急急忙忙奔来。

碧影："廖先生！胡汉民决定将枪械发还给商团了。"

廖仲恺"唔"了一声，因为这是意料之中的事，他没有惊讶，他看见从汽车里又走出几个人。

廖仲恺："那是谁？"

何香凝已经看见了，她高兴地喊："谭平山、林伯渠、彭湃、毛泽东……"

碧影："他们是专程来找廖先生的！"

第七章

99

字幕：1924年9月20日，胡汉民下令取消廖仲恺对陈廉伯的通缉令。10月10日上午，胡汉民将枪械四千余支发还给商团。

一面广州商团联防总部的旗子在一个广场上升起。广场上，从四面八方拥进商团武装人员。

堆积如山的枪械。

陈举又恢复了全副武装，他站在土台上，指挥发枪。

100

一辆崭新的汽车驶进广场。

陈廉伯站在汽车上，检阅商团的队伍。

陈举喊着口令。

陈廉伯登上土台，站在台上讲话。

陈廉伯："商团终于武装起来了。武装起来之后，就可以防止赤化，组织我们的商人政府。我们并不孤立，东边的陈炯明，北边的吴佩孚，都会响应我们，列强也会支持我们，全省商团都会立即起来！广东就会在我们的手中。"

陈举鼓掌，全场齐声大叫："举事，举事！"

"驱逐孙文！""打倒廖仲恺！"的标语迎面扑来。

101

街上，庆祝双十节的旗帜在飘扬着。

工人、学生、农民的示威游行队伍，从四面八方汇集而来。

郑剑、碧影和一队工人从大街上走来。队伍的旗子上写着："庆祝双十节，坚决反对商团叛乱！"

队伍行至西濠口。

两侧楼上黑洞洞的枪口。

碧影靠在郑剑身边，两人边走边低声谈着。

突然，大楼上的枪声响了，一位工人中弹倒地，紧接着两边的枪都响了起来。

郑剑和碧影都吃了一惊。

郑剑："敌人动手了！"他大声对队伍喊："不要乱，向后面撤！"

话音没落，一颗子弹打中了碧影。

郑剑："碧影！"

碧影胸口上的血流出来。

枪声更密了，更多的人倒了下去。

郑剑背起碧影向后跑着。队伍四散奔走。枪声还在后面朝人射击。……

102

被害者的尸体躺在地上。

郑剑和他的父亲蹲在碧影的遗体面前，失声痛哭。

廖仲恺眼里噙着泪在巡视着，何香凝、李行跟在后面。

廖仲恺发现倒在地上的碧影和木然地站在那里的郑剑。

廖仲恺蹲下来，扶起碧影的头。

李行也蹲到碧影遗体边，他哭喊着："碧影同志！"

廖仲恺看了看他。

李行："我真蠢啊！我一定要替你报仇！"

李行站起，向碧影的遗体行了个军礼。

何香凝含泪替碧影理理头发……

103

字幕：双十惨案发生后，孙中山先生命令在国民党内成立革命委员会，廖仲恺为全权代表。廖仲恺在共产党支持下，开始平息商团叛乱……

广州郊区。

军号声响彻云霄。

黄埔的学生集合在操场上。

廖仲恺站在台上。

廖仲恺的声音:"我宣读孙中山大元帅的命令,立即起兵杀贼,平息叛乱,义无反顾!"

随着廖仲恺的声音,军校学生出发了。

廖仲恺的声音在空中回响:"大元帅同时命令前方的湘粤军回省平叛,工团军、农民自卫军、黄埔学生军要配合作战,务必要一举歼灭商团,逮捕陈廉伯,巩固广东我们这个唯一的革命据点!"

湘、粤军分头向广州进发。

工团军的浩浩荡荡的队伍。

农民自卫军的千军万马。

枪声。大街小巷都发生了激战。

人们还在从四面八方向广州城里进发。

商团的旗子着了火,掉了下来。许多人举着手,从商团据点里走出来……

广州市民走向街头敲锣,打鼓庆祝,家家商店的大门重又打开,广州又恢复了正常秩序。

104

几个化了装的人,匆匆跑到江边沙面的租界。

陈廉伯气喘喘地躺在沙发上。朱卓文、李文汉坐在一边。

一个外国人也站在屋里。

陈廉伯对外国人叫喊:"你们为什么不开炮? 你们答应过的,声明过的,可你们……"

外国人耸耸肩,只顾抽他的雪茄。

陈廉伯又冲着王翰:"吴佩孚为什么不动? 都是他妈的骗人,这一下我在广州算是完了!"

他几乎要哭出来。

李文汉:"廉公! 商团失败了,但整个的事业并没有失败。你到香港去,我可以留下来,还有朱卓文,他有他的三教九流。以后,我们会和陈公联系的。"

陈廉伯忧心忡忡地:"广州局势今后会怎样呢?"

李文汉:"陈公! 等等吧! 现在只有等待!"

外面传来锣鼓声、人声。

陈廉伯:"这是什么?"

李文汉拉开窗帘,朝外望着。

李文汉:"他们在欢送孙中山北上。"

他们都挤向窗口。

第 八 章

105

报纸标题特写:

冯玉祥将军在北京发动了政变,电请孙中山北上,共商大计。

106

升火待发的轮船。

孙中山先生和夫人宋庆龄乘着一辆汽车缓缓向码头驶来。

码头上,聚集着各界来送行的人们。其中有胡汉民,也有何香凝。

孙中山和来欢送的人握手,孙中山看见何香凝。

孙中山:"啊! 巴桑! 仲恺呢?"

何香凝:"仲恺和蒋介石、周恩来在研讨东征的事,他马上就来。"

孙中山"是啊! 东征,陈炯明不除,广州这个据点就不牢固。我走了,广州这边一切要靠你们了。"

孙中山又和别人交谈起来。何香凝和宋庆龄手拉着手。

何香凝低声对宋庆龄:"孙先生太劳累了,要让他多休息。"

宋庆龄点点头:"你也得多照顾廖先生,他也瘦多了!"

何香凝:"你让先生放心,这边有事,我们会及时向他报告。你们到了北平,要是有什么,我们也可以赶去。"

宋庆龄:"有事我会找你去商量的。先生常说,我们党内要是有几个像廖先生和你那样的人就好了。你们在广州一切也要当心。现在想去掉先生左右手的人,还是大有人在啊!"

何香凝还想说什么。远处传来马蹄声。

廖仲恺身着军装骑在马上和李行、郑剑飞奔而来。

廖仲恺下马,奔向码头,他急急朝孙中山身边走去,孙中山撇开谈话的人迎了上去。

廖仲恺:"先生我来晚了!"

107

孙中山和廖仲恺站在船头上。

孙中山:"东征定会胜利,这一点我有信心,我担心的还是广州,还是本党内部!"

廖仲恺理解地聆听着。

孙中山："目前，无论军事和政治，中共同志已成为我们的重要帮手，因此，你必须坚持这个联合！我们想的应该是国家民族，而不是一个党派！"

廖仲恺："先生放心。"

孙中山想起什么，叹息了一声："前些时候我去前线，累你受了委屈，这次平定商团，你为国家立了大功。革命人民是清楚的。"

廖仲恺止住他："先生，不要这样说……"

孙中山感慨地："对有些人，我越来越认识他们了。看来，我们还是太宽厚、太老实了。代表大会之后，他们还是在拼命反对三大政策。我走了以后，你的担子更重了。"

廖仲恺："先生，请放心！……"

何香凝和孙夫人也紧紧拉着手，依依不舍。

轮船鸣起了汽笛。

廖仲恺和何香凝等步下船来。

孙中山站在甲板上，挥动着帽子，向人告别。这情景，好像在向全国人民永久告别了。

轮船载着孙中山渐渐远去。

廖仲恺和何香凝仍在那里，向远处的轮船望着。

108

轮船汽笛悲鸣，工厂汽笛悲鸣，空中飘来了哀乐，很快推近报纸特写："北平民众欢迎孙中山"溶入"孙中山逝世"。哀乐。

大元帅府上的旗帜垂了下来。

广州街头，人们悲痛地伫立着。

一片呜咽啜泣之声。

南海的风。吹动着黑布做的横幅挽联，孙中山先生的遗像高挂在灵堂上。

广州各界人物都严肃地立在那里，工人、农民、军官学校的学生，排成整齐的队伍，手中拿着武器，注视着主席台上。

胡汉民、林直勉、胡毅生等也坐在主席台上。

廖仲恺站在孙中山遗像下面。

廖仲恺的声音在空中飘荡。

"孙中山先生逝世了，但是国民革命一定要继续下去。农友们，工友们，我们的革命军人们，各界进步的朋友们，商团事件是靠你们打下去的，第一次东征也是依靠你们取得了胜利，今后广州政府的困难，还是要依靠你们来克服。让我们遵照孙先生的遗嘱，团结起来，警惕一切可能发生的反革命的阴谋活动！"

胡汉民沉重的脸色。

109

在廖仲恺的讲话声中，出现了浩浩荡荡的工人游行队伍。

叠印字幕：6月19日，震惊中外的省港大罢工爆发了！1925年6月23日帝国主义在广州沙面，向为支援五卅惨案示威的工人游行队伍开枪，直接屠杀中国人民！

工人队伍高呼口号："打倒帝国主义！""为五卅惨案牺牲的工人兄弟报仇！""为沙基惨案牺牲的工人弟兄报仇！"

广州大街小巷，到处是工人纠察队。

广东革命政府一间大办公室里，坐了许多要人，其中有何香凝、宋庆龄，也有胡汉民。

廖仲恺正在讲话："广州革命政府，一定要全力支持工人罢工！要把赌场、妓院、游乐场全部封起来，安置从香港回来的罢工工人。我认为，这次罢工是当前中华民族最大的事，是对帝国主义的一次大示威！在对待罢工的态度上，是衡量我们是真革命还是假革命，反革命的标志！……"

广东革命政府的大门口，许多工人热烈地鼓掌。

廖仲恺、胡汉民和何香凝、宋庆龄从里面走出来。

他们走进工人队伍里去了。

110

一辆黑色小汽车在珠江岸边行驶。

车上的窗幔低垂。

小汽车在一所豪华的旅馆前面停了下来。

车门打开了，林直勉、胡毅生和李文汉走下车来。

他们穿过大厅上了楼。

111

曾经是杨希闵住过的房里，陈廉伯和两个女人靠在沙发上。

陈廉伯听见外面的脚步声，站了起来。

陈廉伯还没见人就大声地："是直勉和毅生先生吧！"

刚刚进门的林直勉和胡毅生，发现是陈廉伯。都很意外地"啊"了一声。

林直勉："陈公何时回来的？"

陈廉伯呵呵笑了一声："我是冒着被廖仲恺抓去坐牢的风险来看望老朋友的！"

胡毅生和林直勉对望了一眼，也就毫不谦让地坐了下去。

陈廉伯和胡毅生他们坐在桌旁，桌上摆了几碟酒菜。

胡毅生面带愤慨的神色，在向陈廉伯倾诉。

胡毅生："现在的广州，大权完全落到廖仲恺、汪精卫、谭平山的手上，落到苏俄顾问鲍罗廷的手上。这次罢工，共产党又组织了工人纠察队，满街都是，广州大有完全赤化之势！"

陈廉伯："是啊！这次大罢工的影响太大了！香港已经成了死港。世界上都很震惊。"

林直勉："这也是廖仲恺他们支持的结果，没有广州政府的支持，罢工是不可能持久的。"

陈廉伯："你们对此毫无对策？我在香港就听说你们有'孙文主义学会'，有什么'士的党'，你们在国民党中枢掌握要职的人也不少，为什么就不能制止这种赤化的趋势呢？"

胡毅生："关键是廖仲恺，他现在身兼多职，苏俄顾问和许多跨党分子，都把他当作一把遮阳伞。"

陈廉伯："难道就没有办法对付他？"

林直勉："难啊！他既是元老派，又是激进派，共产党和本党所谓左派，都站在他们一边，再加上黄埔陆军军官学校、农民自卫军、工人纠察队，广州局势已经完全被他操纵了。"

陈廉伯："胡汉民先生呢？……"

胡毅生紧接着："家兄有他的难处！不过，他家里还是一个聚会中心！许多人经常在那里聚……"

陈廉伯："啊！……"

112

胡汉民家。

胡汉民的客厅里坐着许多人，这里有我们见过的邹鲁、张继、邓泽如等人。

胡汉民和客人们从客厅走向院子里，他们低声交换意见，神情都很焦虑，有的人还做着手势，表示自己的愤慨。

胡汉民拱手送客！

胡汉民："我再找他谈谈，晓以利害！我要提醒他。他已被赤化分子所利用……"

113

还是胡汉民家的那个客厅。

胡汉民满面春风，站在阶前恭候。

廖仲恺大踏步走了进来。

胡汉民喊了一声"仲恺",迎了上去,紧紧握住廖仲恺的手:"我还怕你不来呢!"

廖仲恺爽朗地笑笑:"老友相请,怎敢不来!"

胡汉民哈哈大笑。

胡汉民和廖仲恺挽着手,走进客厅。

客厅里挂了不少字画,也摆了不少花。

何香凝的一幅松鹤图,挂在正中。

胡汉民和廖仲恺走到字画前。

胡汉民指指字画:"你看!嫂夫人的松鹤,我每布置一次房子,首先想到的就是它,这还是在东京时你们夫妇送给我的,一转眼就是二十年了!"

廖仲恺也看了看画:"是呀!二十年了。"

侍女送上茶来。

胡汉民端着茶杯,无限感慨地:"二十年来,你我风尘仆仆,争争吵吵,如今也都是两鬓添霜,不知老之将至矣!"

廖仲恺望着胡汉民:"展堂兄,你今天请来……"

胡汉民:"叙叙旧!近来我对一切都感到淡漠,可对老友,倒增加了无限眷恋之情,无边落木萧萧下,仲恺兄,你也应该超脱一些才是。"

廖仲恺放下茶杯,微笑了一下:"展堂兄,在当前的中国,谈超脱未免有点太早,国民正处于水深火热之中,帝国主义还在如此欺侮我们,你我从青年时代,就立志为国为民献身,事业未成,哪里谈得上什么超脱?展堂兄,你也未必能超脱得了!"

胡汉民摆弄了一下盆景:"孙先生去世!我是真的心灰意冷了,我的心情确像萧萧落木。"

廖仲恺:"可我看到的是不尽长江滚滚来!展堂兄,我们应当记住孙先生的'革命尚未成功,同志仍须努力'的嘱咐,跟上民众的步伐。"

胡汉民:"民众?仲恺,今天我约你来,本来是不想谈政治的,可看来你对叙旧、你对书画都没有兴趣了。"

廖仲恺一笑。

114

文华堂,喧天哗地,三教九流的人,出出进进,上上下下。

赌钱的赌台上,大烟榻上,一个个怪模怪样的脸。

妖冶的女人也在这里来来去去,打情卖俏,酒筵桌上,还有人在清唱。

我们在这种嘈杂声里,可以听到如下的一些议论:

"妈的,听说廖仲恺要封赌场了,让罢工工人住进来。"

"乡下日子难啦! 农民协会抓人游乡,闹共产呢!"

"广州是什么世界? 成了工人赤色分子的天下了。"

"中央党部反对廖仲恺的人可不少呢! 你等着吧,有好戏看呢!"

"英国人不会让广州政府这样闹下去的,国民党的大元老们也不会让的,左派右派有的较量呢!"

通向三楼的楼梯上,坐着一个身穿黑衣的人。他警惕地用眼注视着楼下,忽然,他恭敬地站了起来。

林直勉和朱卓文上了楼梯。

三楼楼厅的门开了,我们可以看到有几个手拿武器的人。

林直勉他们走进去后,门又轻轻关上了。

115

廖仲恺和胡汉民坐在桌旁,桌上摆了精致的杯碟和菜肴,但酒菜似乎都没有怎么动过。

胡汉民:"支援五卅惨案,我拥护,可是我看苏兆征和邓中夏他们未免搞得太过分了!"

廖仲恺:"展堂,在反帝这一点上,应该不分彼此。我看苏兆征他们动员工人反帝,我党应该完全支持。为什么不支持?"

胡汉民:"可是十几万工人拥进广州,要是发生暴乱,危害我们国民党的生存,我们怎么办?"

廖仲恺:"省港罢工,最害怕的是帝国主义而不是我们,你那种想法,我看大可不必。"

胡汉民："我看还是慎重点为好！"

廖仲恺笑笑："我看，对帝国主义太慎重是不行的。"

胡汉民默默，他朝一间房门瞥了一眼。

房里躲着胡毅生，他在侧耳静听。

116

胡毅生从侧门走了出去。

客厅里，廖仲恺和胡汉民仍在客客气气地喝茶、交谈。

梦醒和承志从外面跑了进来，他们的后面跟着李行。

胡汉民一见梦醒和承志，立即热情地喊："梦醒、承志！你们来看干爹！"

梦醒喊："干爹！"

承志也跟着喊了一声。

胡汉民大笑，伸手抚摸着两个孩子的头："都长大了！梦醒已经成了一个真正的大姑娘了！喂！"

胡汉民喊了一声，一位娘姨从里屋走出来。

胡汉民："快拿糖果来！我的干女儿，啊，还有小承志，吃糖，干爹正想你们呢！"

廖仲恺对孩子："也不说声谢谢！"

胡汉民："不用，不用！"

胡汉民挽着廖仲恺的手，两人都看着孩子，胡汉民感慨地说："将来有人写你我的历史，谁会想到你我除了是挚友，还是干亲家呢！"

廖仲恺也笑了："这你不用愁，后人自会有后人的眼光的。"

117

何香凝正在楼下整理衣箱。她拿出廖仲恺的一件西装，仔细看了看。

西装有几处已经绽了线，这是件很旧的衣裳。

何香凝用针线补缀起衣服来。

郑剑走了进来。他现在清瘦了不少。他喊了一声："大姐！"

何香凝抬起头："啊！是你！"

郑剑："周恩来同志让我来的。他要我代替碧影，在廖先生身边工作。"

何香凝："那太好了！唉！碧影是个好姑娘，她牺牲得太可惜了。"

郑剑也有点神色黯然，可他岔开了话题："大姐，有件事要向你报告。我们的同志得到一个情报，据说，右派们在阴谋策划，要用最卑鄙的手段对付廖先生。"

何香凝："啊！前几天，我也听到一些风声，还听说有不少人常在胡展堂家聚会。"

郑剑："大姐，还是让廖先生注意一点，敌人是什么手段都会使出来的。"

何香凝点点头。

118

廖仲恺和梦醒、承志、李行说笑着走了进来。

廖仲恺拍着承志："你帮我看的信，意见签署得还不错。"

何香凝："你们在说什么？"

承志："爸爸说我可以做小秘书了。"

何香凝："你别得意！你还差得远呢！"

廖仲恺："刚才去街上走走，跟工人谈谈心，形势真令人鼓舞啊！哎！晚饭好了？肚子又叫了。"他看见李行和郑剑在低声说着什么，问道："你们俩在讲什么？神色那么紧张？"

何香凝："有情报，说有人要用对付邓仲元的手段对付你！"

廖仲恺："我当是什么事呢，这也用得着这么紧张？"

郑剑："廖先生，你不能掉以轻心了，不能像以前那样随便往街上跑，不能毫无防备地接近民众。"

廖仲恺挥挥手："那怎么行？和工农民众隔绝起来吗？那叫什么革命者！"

何香凝："起码，你得增加卫兵。李行……"

李行："对！我去调人。"

廖仲恺摆手："我天天要到工会、农会、学生当中去，带着卫兵像什么样子？再说，他们真想谋杀我，很可以装扮工人、农民模样行事，那种防备是没有用的。总之，生死由他去，革命我是不能放松的。"

何香凝和李行还要说什么，廖仲恺已经不愿谈这件事了。

他忽然转向梦醒和承志："梦醒、承志，那年陈炯明要杀我的时候，我给你们写过一首诗，你们还记得吗？"

梦醒："记得，爸爸！"她念起来了："女勿悲，儿勿啼，阿爹去矣不言归！……"

廖仲恺："重要的是下面几句……"

承志："阿爹苦乐与前同，只欠从前一躯壳，躯壳本是臭皮囊，百岁会当委沟壑。人生最重是精神，精神日新德日新……"

廖仲恺对何香凝他们："听见没有，人生最重是精神，精神日新德日新……开饭吧！"他停顿了一下，接着说："下午我们去看看罢工工人；晚上，我还要到工会去讲话。"

119

廖仲恺、何香凝在街上走着，后面跟着郑剑和李行。

工人纠察队的队伍从街上走过。

廖仲恺目送着他们，面带微笑。

何香凝低声："中国工人真正行动起来了！"

廖仲恺点头。

黄埔军官学校教导团的队伍，迈着整齐有力的步伐，从街上走过。

工人停下来，向他们鼓掌。

廖仲恺和何香凝他们也停下来欣喜地看着。

教导团的军官看见了廖仲恺，他突然喊了一声："立正！"

军官向廖仲恺敬礼："廖党代表辛苦！"

队伍也跟着喊了一声："廖党代表辛苦！"

廖仲恺举手："同学们辛苦！"

军官学校学生向廖仲恺行注目礼前进。

工人和小学生们这才发现了廖仲恺就站在他们身边，他们一下子把廖仲恺包围起来了。

廖仲恺抱起一个小家伙，小家伙得意地用胳膊搂着廖仲恺的脖子。

廖仲恺："你爸爸是做什么的？"

小家伙："罢工工人！"

何香凝俯身对一个小女孩："你呢？"

女孩："我爸爸也是罢工工人，从香港回来的。"

一个工人对女孩："说感谢廖伯伯，感谢革命政府！"

廖仲恺："感谢？"

工人："这次省港大罢工，要不是得到革命政府支持，我们就坚持不了这么久，就不能让帝国主义害怕，所以我们心里……"

廖仲恺："那首先得感谢你们，是你们支持了广东的革命政府。正是由于你们，现在的广州，才有点像大革命的样子了！你们现在还有什么困难？"

工人："廖先生、廖夫人，我们……"

廖仲恺笑着打断他的话："别说没有困难。我知道你们日子过得很不容易。走！还是领我到你们住处去看看吧！"

一所被封闭的赌场。现在住满了罢工工人及其家属。

这里到处是床铺，是炉子、什物，房中间有块空地，女工们在那里做鞋。

还有小孩睡在铺上。

廖仲恺、何香凝、郑剑、李行和领他们来的工人一道走了进来。

郑剑看见他爸爸，喊了一声。

郑剑爸爸和女工都站起来了，他们显然都认识何香凝，一下子亲热地把何香凝包围起来,喊:"何大姐! 您来啦!"

"何大姐! 你看我们做的鞋!"

廖仲恺惊异地:"你和她们这么熟?"

郑剑:"女工合作社是何大姐帮着组织起来的。"

何香凝:"主意可是苏兆征他们出的。"

廖仲恺:"啊,这次罢工,中共同志确是做了许多了不起的工作。"

一女工悄悄问何香凝:"他是谁?"

何香凝笑了:"你们不认得他? 他就是廖仲恺!"

女工们惊喜地叫:"廖先生!"

郑剑抱歉地:"我认为你们都认识廖先生,忘了介绍了,廖先生是专门来看你们的!"

郑剑爸爸和女工们都争着和廖仲恺握手。

郑剑对廖仲恺:"他是我爸爸。"

郑剑爸爸:"那年我在码头上见过你,你和廖夫人一道上船……"

廖仲恺:"对! 那次是我认识工人弟兄的开始!"

廖仲恺又对女工们:"你们都是从香港回来的?"

一女工:"是!"

廖仲恺:"你们这鞋……"

女工:"何大姐让我们做做鞋子,军队收购,按质论价,这样,也可以减少政府一点负担。"

廖仲恺点头,环顾这所房子。

他走到一个铺前,看看睡在破席子上的小孩。

他又掀开一个小锅盖,那里是几乎像清水一样的稀汤。

廖仲恺的眼光又落在那些显然因为营养不良而显得面黄肌瘦的女工们身上。

廖仲恺:"你们的日子艰难啦!"

一女工："廖先生，艰难是艰难，可我们不怕。为了给帝国主义一点颜色看看，就是饿死，我们也绝不屈服。"

另一女工："这次罢工，就是要为中国人争一口气。"

廖仲恺眼睛湿润了，他说："你们说得好！争一口气，争一口中国人的气！"

他看看这些普通的女工："就是你们这些最普通的人，使帝国主义害怕了！……"

廖仲恺的声音分外响亮起来了：

"帝国主义害怕了！军阀害怕了！一切反革命派害怕了！"

现在廖仲恺站在讲台上，他激动地做着手势。

台下坐着上千工人和少数学生。在会场的角落里，胡毅生和林直勉也坐在那里，在他俩身后，坐着朱卓文。

主席台上胡汉民也不动声色地坐在那里。他在玩弄盖碗茶的茶杯盖。

廖仲恺继续在讲话："他们为什么害怕呢？那是因为我们团结起来了，中国国民党和中国共产党联合起来了，中国工人农民联合起来了！他们害怕，是因为我们忠实地执行了孙先生的遗志。"

台下哗的一声热烈鼓起掌来。坐在台上的胡汉民也在鼓掌。

台下胡毅生和林直勉互相使了个眼色，胡毅生回头看看朱卓文，朱卓文悄悄溜出去了。

廖仲恺："可是奇怪得很，在我们革命内部却有人害怕反对帝国主义的罢工工人，害怕中国共产党。他们甚至说广州要赤化了！我廖仲恺和工人农民、和共产党打得火热了！我倒要请问这些先生们，你们是站在那边？你们为什么要跟帝国主义军阀站在一起反对工人和农民呢？你们难道竟然忘记了我们是中国人，忘记了我们是为了中华民族，为了打倒帝国主义、打倒军阀才搞革命的吗？！"

会场的情绪沸腾起来了。有人站起来喊起口号：

"打倒帝国主义！打倒军阀！打倒反革命派！"

人们一齐拥到主席台前。

120

夜,黑沉沉的天空。

没有行人的街道上,亮着昏暗的街灯。

国民党中央党部门口,两个警察呆立。

街上传来了脚步声,接着,几个人出现在中央党部门口。

一个人和警察讲了几句话,警察点点头撤走了。那几个人向中央党部楼下走去。在这几个人当中,我们隐隐约约看到一个很像陈顺的人。

一个人低声说:"明天中央党部开会,他准来！"

另外一个人厉声:"少废话！"声音很像朱卓文。

几个人到了楼下黑暗处消失了。

外面,静得出奇。

121

字幕:1925 年 8 月 22 日早晨。

广州的早晨。

学生们背着书包,唱着"打倒列强"的歌上学。

工人纠察队整齐有力的脚步。

黄埔的军号声,早操已经开始了。

近郊农民协会的旗子在晨风中飘扬。

122

廖仲恺家的楼上凉台,几盆小花含露开放。

廖仲恺站在凉台上,眺望着美丽的广州早晨。

廖仲恺的身影沐浴在晨曦中。

123

何香凝和李行端着稀饭上楼。

李行："我今天叫了部车子，对坏人不得不防！"

何香凝点点头。

廖仲恺已经坐在写字台前审阅公文。

何香凝："仲恺，吃早饭吧！"

廖仲恺在文件上批字："我就来，军官学校又没有钱了，定要设法给他们钱！"

何香凝："你还要去中央党部开会呢，你看，快九点了！"

廖仲恺"啊"了一声，这才站起来。

廖仲恺端着白稀饭，一面喝一面还在看公文。

何香凝："你干什么，饭也顾不上吃了？"

廖仲恺："军校军费不落实，实在吃不下。东征，北伐，都要靠这支骨干力量呢！"

何香凝："开会时再讨论嘛，别让人等。"

廖仲恺："对，对！"

廖仲恺三口两口喝完稀饭，把公文向口袋里一揣，看了看表："走吧！"

124

廖仲恺、何香凝和李行到了门口。

门口停着一辆汽车。

廖仲恺、何香凝和李行上了汽车。

汽车缓缓向前驶去。

125

国民党中央党部门口，空空荡荡。狭小的院子，只有风吹树梢在动。

墙里,隐约闪出乌黑的枪口。

126

廖仲恺他们乘坐的汽车远远驶来。

汽车驶近中央党部门外停住了。

从人行道上匆匆走来的郑剑。

廖仲恺、何香凝和李行先后从汽车里走下来。

郑剑:"廖先生,大姐! 你看,我来得正好。"

廖仲恺:"我到党部开会。郑剑,你去告诉林伯渠,下午我去看他。"

何香凝对廖仲恺说:"你去吧,我们到妇女部去。"

中央党部的党旗在楼上微微抖动着。

廖仲恺看了看那面旗子,和李行向门口走去。

何香凝和郑剑站在门外。

突然,枪声在党部门里响了起来。

何香凝和郑剑一惊,猛地回头。

廖仲恺和李行已经倒在地上了。

何香凝发出一声叫喊"仲恺!",跑过去伏到廖仲恺的身上。

郑剑喊了一声"廖先生!",又朝街上喊"快来人! 凶手行刺廖党代表"!

门里又射出几颗子弹,随着几个凶手冲了出来。

街上,工人纠察队和警察闻声赶了过来,他们向凶手开枪射击。

127

何香凝和郑剑抬起廖仲恺的头,廖仲恺已经不能说话了,血从他身上向外流着。他只勉强睁眼看了看何香凝。

何香凝哭喊:"仲恺!"

郑剑哭喊:"廖先生!"

“廖先生！”

“廖党代表！”

人们的哭喊声在空中回荡着。从东、从西、从南、从北，四面八方的人向这里涌来。

人们汇成巨流，"为廖仲恺先生报仇！""把国民革命进行到底！"的喊声响彻云霄。

悲壮的哀乐响起来了。

一眼望不到头的送葬队伍，工人、农民、学生、军人，人们的表情都是严肃而悲愤的。

送葬的队伍化为向前方开发的军队。

国民革命军军容整肃地走出广州。北伐队伍出发了！

廖仲恺的画像充满画面，他目光炯炯地朝人们望着，好像在说：希望寄托在你们身上了。

画面叠印前进中的北伐队伍。

雄壮的军号声预示着中国革命即将进入一个新的阶段。